KB272269

들리지 않지만
사는 데 괜찮습니다

들리지 않지만
사는 데 괜찮습니다

초판 1쇄 인쇄 2026년 4월 10일
　　　1쇄 발행 2026년 4월 20일

지은이 이금자

펴낸이 우세웅
책임편집 한홍
북디자인 김세경

종이 페이퍼프라이스㈜
인쇄 ㈜다온피앤피

펴낸곳 슬로디미디어
출판등록 2017년 6월 13일 제25100-2017-000035호
주소 경기 고양시 덕양구 청초로 66, 덕은리버워크 A동 15층 18호
전화 02)493-7780　**팩스** 0303)3442-7780
홈페이지 slodymedia-mo2.imweb.me　**전자우편** wsw2525@gmail.com(사업 제휴)

ISBN 979-11-6785-307-3 (03810)
글 ⓒ 이금자, 2026

소리 없는 세상에서
청각장애인으로 살아간다는 것

들리지 않지만
사는 데 괜찮습니다

이금자
지음

어린 시절의 나는 소리가 들렸다

세상의 소리는 아름다웠다

설렘

누구나 한 번쯤 후회하는 순간이 있다. 그런 면에서 나는 매일, 매 순간이 후회되는 삶이다. 게다가 하루를 숙제처럼 살아야 한다. 소리가 들리지 않는 청각장애인으로 살아가면서 퀼트 작가가 되기란 참으로 어렵고 힘들다. 바느질만 잘한다고 작가가 되는 것은 아니다. 사람과의 관계, 상호 협력과 소통이 필요하기 때문이다. 누군가 만들어주지도 않으니 스스로 만들어가야 한다. 전시회를 열기 위해서는 모임에 참여해야 하고, 혼자 할 수 없는 작업은 함께 해야 한다. 소리가 들리지 않는 나는 사람들과 함께하는 그 시간이 매번 힘들다.

10살이 되기 전에 청각장애인 된 사람은 소리뿐만 아니라 언어도 사라진다. 소리가 언어를 책임지기 때문이다. 어린 나이에는 들리는 것과 안 들리는 것을 자각하지 못했다. 소리가 들리지 않게 되고 2년 후 친구가 놀리는 바람에 내가 들리지 않게 되었고 발음이 정확하지 않다는 것을 알았다. 친구의 말로 내 인생은 달라졌다. 잃어가는 언어를 찾기 위해 노력한 결과, 확실하지 않은 발음이지만 대화는 가능하다.

소리가 들리지 않으면서 말은 어눌해졌고, 친구들이 벙어리라고 놀렸다. 예민한 사춘기 소녀에게는 지옥 같은 일상이었다. 그로 인해 학업을 중단했지만, 멈추고 싶지 않기도 했다. 집이라는 울타리에 갇혀 살면서, 소리는 노력한다고 돌아오는 것이 아니라는 것을 깨닫고 신경 쓰지 않기로 했다. 반면에 언어는 노력하면 어느 정도 유지된다는 걸 알고 연습을 멈추지 않았다.

들리지 않아도 말은 하고 혀는 움직여야 한다는 것을, 소리가 사라지면 입도 닫혀 언어가 사라진다는 것을 깨달았다. 그래서 나는 끊임없이 혼잣말하며 이제껏 인생을 살아왔다. 책을 읽고, 유행가 가사를 따라 부르고, 동생에게 말을 건다. 그렇게 나는 조금씩 변화하고 달라져왔다. 이 책은 청각장애인으로 살아오며 겪은 경험을 쓴 것이다.

청각장애인은 세상의 소리를 들을 수 없다. 그럼에도 도움 없이 홀로 살아가면서 퀼트 작가가 되었다. 신의 영역과도 같은 비장애인의 세상에서 성공했다. 부정적인 시선을 이겨냈다. 작가로 우뚝 선 그날 이후로 사람들이 나를 바라보는 시선은 따뜻하고 부드러워졌다. 그들도 장애라기보다는 다름으로 받아들였다. 나는 나를 선택하고 버리지 않았다. 나를 믿었다. 내 선택은 옳았다. 청각장애인으로 이루지 못할 일을 해냈으니까. 어쩌면 청각장애인으로 살아온 경험은 신이 주신 선물인지도 모른다.

작가 이금자

차례

___

3장

청각장애인의 눈물과 고통

6장

삶은 선택이 아니라 살아가는 것

1장

나의 어린 시절

세상의 소리는 아름다웠다

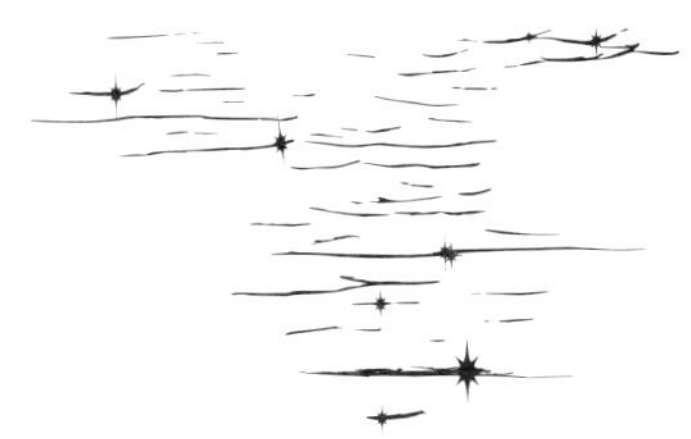

⟨ 세상의 모든 소리

나는 강원도 영월읍에서 태어났다. 동강이 흐르고 사방이 산으로 둘러싸인 곳에서 3남 1녀의 셋째이자 고명딸로 태어났다. 언니들의 옷을 물려받아 입어야 했던 또래 친구들이 부러워하는 존재였다. 언니가 없으니 내가 입는 옷과 물건은 모두 새것이었다. 오빠나 동생보다 엄마의 애정 어린 손길을 한 번 더 받는 딸이었다. 아버지를 빼닮은 여덟 살 터울의 큰오빠는 아버지만큼이나 든든했고, 2살 위 오빠는 친구 같은 사이였다. 두 살 아래 남동생에게 나는 누구보다도 친절한 누나였다. 큰오빠를 낳고 아버지가 입대하는 바람에 둘째 오빠와 나이 차가 많이 났다.

어린 시절에는 소리가 들렸다. 세상의 소리는 아름다웠다. 동강은 여름이면 수영장이었고, 겨울이면 스케이트장이 되어 지칠 때까지 썰매를 탔다. 친구들과 수영하며 첨벙첨벙 물장난치던 기억, 얼음 위로 사그락사그락 썰매 날 스치는 소리가 아직도 기억에 남아 있다.

산과 들을 집 앞마당처럼 발발거리며 뛰어다녔는데, 영월역으로 들어오는 기차가 기적을 울리면 동네 아이들은 기차역으로 온 힘을 다해 달려갔다. 아이들은 기차 탈 일이 없어서 기차를 보는 것만으로도 신이 났다. 영월은 단종의 묘가 있어서 영월역에는 많은 사람이 오갔다. 단종제가 있는 4월은 그중에서도 제일 즐거웠다. 읍내 곳곳이 잔치였고 놀거리와 먹을거리가 풍성했다. 밖에서 노느라 집에 가기 싫은데 엄마가 부르셨다. 저녁 먹으라고.

＜어린 날의 소풍

영월읍에 있는 초, 중학교는 모두 단종의 묘가 있는 장릉으로 소풍을 갔다. 아이 엄마들이 김밥을 싸고 과일을 싸서 아이와 함께 나들이를 가기도 했다. 드넓은 곳에는 잔디와 나무가 있어서, 넘어져도 다치지 않고 놀기에 좋았다.

자연 시간이면 한 학년 전체가 강으로 갔다. 송사리를 잡고, 납작한 작은 돌을 찾아서 물수제비를 띄웠다. 선생님을 이겨보겠다고 허풍을 떠는 남자아이들의 떠들썩한 소리가 강가를 가득 채웠다. 학교에서 퇴비를 가져오라고 해서, 오빠를 졸라서 베어둔 풀 한 아름 들고 낑낑거리며 학교에 간 적도 있었다. 신나고 즐겁고 행복했던 1학년이었다. 여덟 살 소녀에게 세상에 무서운 것이 없었다. 소리를 들을 수 있었던 그때는 매일이 정말 행복했다.

9살이 됐고 새 학년이 되었다. 봄은 왔지만, 강원도의 봄은 아직 오지 않았다. 코끝이 얼어붙고 손은 시렸다. 조무래기들이 학교 가면서 재잘거리는 소리는 듣기만 해도 기운 나고 생동감 넘쳤다. 학교는 철길 건너편에 있었다. 저 멀리서 들려오는 기적 소리에 건널목에서는 익숙한 신호가 울렸다. 차단기가 내려오면 등교하던 아이들은 쭉 늘어서서 기차가 지나가기를 기다렸다. 기차 소리가 고막을 찢는 듯했지만 늘 듣다 보니 괜찮았다. 어떤 사람들이 탔을까 하는 호기심에 기차를 따라 고개가 돌아갔다.

학교에 도착하면 아침의 교실은 밤새 꽁꽁 얼어서 추웠다. 햇볕 잘 드는 건물 담벼락에 옹기종기 모여 앉아 깔깔거리며, 선생님이 난로에 나무로 불을 지펴 따뜻해지기를 기다렸다. 소리와 영영 이별하기 전, 마지막 겨울의 소리였다.

＜소리가 사라졌다

2학년 봄, 학교에 1학년이 입학하면서 동생들이 생겼다. 1년 더 지나면 내 동생도 들어올 것이다. 동생은 동네에서 언니라고 부르는 소리를 많이 들어서 누나가 아니라 언니라고 불렀다. 나는 한 살 더 먹었다고, 더 힘차게 발발거렸다. 신나고 재미있고 시간 가는 줄 모르게 돌아다녔다. 위험한 곳도 많았지만, 잘도 피해 다녔다.

여름 방학이 다가오고 있었다.

"야호! 드디어 방학이다."

우르르 학교에서 몰려 나오는 아이들. 우리들의 천국, 산과 들, 강으로 갔다. 방학 숙제는 일기만 썼다. 나머지 숙제는 개학 며칠 전 벼락치기로 했다.

여름 감기처럼 찾아온 뇌수막염, 그리고 전신마비가 왔다. 개학도 얼마 남지 않았는데, 열심히 산수 숙제를 하던 중 감기처럼 아프기 시작했다. 갑자기 40도를 오르내리는 고열로 토하면서 뜨거운 코피도 멈추지 않고 같이 쏟아졌다. 그렇게 심하게 아파 몸을 가누지 못하고 앉지도 못했다. 여름 감기라고 하는 의사의 말을 듣고 입원은 하지 않았다. 어느 늦은 밤, 심한 고열로 정신을 잃은 나를 등에 업고 아버지는 병원으로 뛰어갔다. 감기라고 해서 끝내 입원은 하지 못했다. 그 후로 조금씩 나았다.

그때까지도 부모님은 몰랐다. 내가 왜 그렇게 아팠는지. 앙상하게 뼈만 남은 채 완쾌된 나를 보고 의사가 이렇게 말했다. "이 아이는 살아남는다고 해도 평생 누워 살아갈 거예요." 의사 선생님의 말을 듣고 엄마는 세상이 무너지는 듯한 충격을 받으셨다고 훗날 담담히 말했다.

다 낫고 나서야 의사는 감기가 아니었고, 뇌수막염이었다고 말했다. 시골에서 나고 자란 부모님은 의사의 오진을 어디에도 말하지 못하고 따지지도 못했다. 한 아이의 인생을 바꿔버린 큰 실수를 알고나 있었을까? 그때까지도 의사도, 부모님도 몰랐다. 내가 듣지 못한다는 것을. 부모님은 내가 죽지 않고 살아났다는 사실에 한숨을 돌렸지, 내가 들을 수 없다는 것은 생각하지도 못했다. 병은 나았지만, 들리지 않았다. 40도가 넘는 열이 그렇게 나의 소리를 가져갔다.

의사의 말대로 나는 일어서기는커녕 앉지도 못했다. 늘 누워 있었다. 앉혀두면 쓰러지고, 기대앉히면 옆으로 기울어졌다. 심한 열병에서 빠져나와 회복은 되었지만 들을 수 없다는 것을 모르는 엄마는 다시 걷기를 바라는 마음에 나를 잡아 일으켰다. 다리에 힘이 생기라고 계속 주물렀다. 장롱을 짚고 걸음마를 다시 시작했다. 여름의 끝자락이 되었다. 종일 마루에 누워서 볼 수 있는 것이라고는, 아이들이 뛰어노는 모습과 키다리 접시꽃과 풍성하게 피어난 봉숭아꽃 그리고 바닥에 옹기종기 피어난 채송화였다. 그것이 9살 소녀의 여름이었다.

나는 다시 일어섰다. 그리고 위태롭지만 걸었다. 하지만 소리는 들리지 않았다. 들리지 않는 것을 알지 못했다. 그런데도 어린 마음에, 아프기 전에 그렇게도 하고 싶었던 놀이를 했다. 오징어게임이라는 놀이였다. 게임을 하면서 위태롭게 움직이는 나를 친구들이 잡아주었지만, 잠시뿐이었다. 이겨야 하는 게임이었으니, 같은 팀이라도 나를 챙겨줄 여유가 없었다. 이상하게 한쪽 발로는 움직이지 못했다. 한쪽 다리를 들면 쓰러졌다. 친구들 사이에 말소리와 고함이 오갔지만, 무슨 뜻인지 알지 못했다. 다시 게임은 시작되고 나는 피하라는 친구의 말을 듣지 못했다. 무방비 상태로 서 있던 나는 누군가가 밀치는 힘에 넘어져 기절했다. 그 후, 친구들은 다시는 나를 게임에 끼워주지 않았다.

아무것도 모른 채 성장해갔다. 소리가 들리지 않지만, 친구들은 그런가 보다 했다. 들리지 않아도 말은 했으니까. 친구들은 그냥 자기들의 말을 무시한다고만 생각했을 것이었다. 놀이에서 조금씩 밀려나고 있었지만, 아프기 전과는 달라진 것은 없었다. 달라진 것이 있었다면 집에서조차 말이 없어졌다는 점이었다. 밥상머리에서 늘 말이 많았던 여자아이가 말이 줄었다. 활달한 사람도 소리가 사라지면 말도 사라진다.

그렇게 침묵 속에서 언어장애가 왔다. 노력하고 배우려고 하지 않으면 언어는 사라진다. 귀에서 소리가 사라지듯 입에서도 사라졌다. 대신 나중에 말이 어눌한 걸 깨닫고 언어는 그나마 지켜왔다. 그렇게 지킨 언어는 사회에서 살아가기에는 더할 나위 없이 귀중하고 감사한 선물이었다. 신은 내게 소리를 앗아갔지만, '말'은 선물로 남겨두었다.

＜이제 나는 청각장애인이다

세상이 조용해서일까, 나는 말을 하지 않는 아이가 되었다. 무엇을 요구할 때나 필요한 것이 있을 때만 일방적으로 말했다. 어느 날, 놀고 있었는데 뒤에서 누군가 낚아채듯 어깨를 잡아 돌렸다. 놀란 내 얼굴 위에 엄마의 놀란 얼굴이 있었다. 엄마는 뭐라고 말하고 있었는데 나는 대답하지 못했다.

훗날, 엄마는 그때의 상황을 말씀해주셨다. 아무리 불러도 대답도 없이 돌아보지도 않아서 처음은 놀기 바빠서 그런가 보다 했지만, 시간이 지나도 반응하지 않아 혹시나 하는 마음에 확인했단다. 회복된 후에도 말은 하고 있었으니 듣지 못할 거라곤 전혀 생각도 못 했던 것이다. 그리고 내려진 의사의 진단, "들을 수 없습니다". 그날 이후로 엄마는 나를 볼 때마다 울었다. 아까워서, 불쌍해서, 당신 탓 같아서, 서럽게 울었다. 원래도 말수가 적었던 아버지는 더욱 말이 없어졌다. 그리고 내 말소리도 서서히 이상해져갔다.

누구도 말을 걸지 않았고 나도 말하지 않았다. 알고 보니, 친구들은 끊임없이 말을 걸었지만 내가 대답하지 않은 것이었다. 시간이 지날수록 말이 이상해지기 시작했다. 나 스스로 안 것도, 부모님이 알려준 것도 아니고, 친구들이 알려줬다. 아이들은 솔직하다. "쟤, 벙어리 됐대"라는 말은 눈치로 알았다. 들리지 않게 되고 3년이 지난 후, 애들의 손가락 끝에 내가 서 있다. 언어장애를 얕잡아 부르는 명칭, 벙어리. 어느 순간 나는 친구들이 얕잡아 보는 벙어리가 되어 있었다. 나는 대놓고 하는 욕에도 응답하지 않았다. 들리지 않았으니까.

똑똑함은 꿈을 이루는 데는 분명 필요한 능력이다. 하지만 어느 날 갑자기 들리지 않아 청각장애를 안고 살아가야 하는 아이에게 때로는 가혹할 정도로 큰 형벌처럼 느껴진다. "무식하면 용감하다"는 말처럼 아무 생각 없었다면 고통도 덜했을지 모른다. 그러나 나는 늘 생각이 많았고, 그만큼 힘들었다. 어린 나이에 무엇이 그렇게 버거웠는지는 지금도 명확히 설명할 수 없지만, 친구들의 변화는 분명히 기억난다.

늘 내 앞에서 재잘거리며 말이 많던 친구들이 하나둘 사라졌다. 교실에 혼자 덩그러니 앉아 있을 때면 그들은 더 이상 나와 대화하고 싶어

하지 않는다는 것을 느꼈다. 나 또한 친구들의 이야기가 들리지 않으면서, 그들에게 먼저 다가가지 않게 되었다. 청각장애인이 되는 순간, 누군가 손을 내밀어주지 않으면 자연스럽게 고립의 길을 선택하게 된다. 선택이라기보다 피할 수 없는 수순에 가깝다.

이 순간 소리가 들리지 않게 된다면 혼자가 되더라도 길을 찾아 나섰으면 좋겠다는 말을 해주고 싶다. 이전 세대라면 힘든 일이었겠지만, 지금을 살아가는 청각장애인들에게는 충분히 이겨낼 수 있는 환경이 마련되어 있다. 용기를 내서 사회에 나온다면 기회는 얼마든지 있다.

＜ 고립의 시작

늘 재잘거리며 친구들과 놀았는데 언제부턴가 혼자 있는 날이 많았다. 하지만 동네에서는 외롭지 않았다. 내 친구 엄마이자 엄마의 친구가 나와 애들이 함께 놀게끔 응원해준 덕분이다. 그런데 동네에서 배드민턴 치던 날, 다른 아이가 다가왔다.

"나도 좀 치고 싶어! 안 될까?"

"응, 지금 하고 있어서 안 돼."

"나도 좀 하자."

"싫은데."

그렇게 다시 몸을 돌리려는데 맞은편에서 나와 함께 치던 친구가 다가왔다. 그리고 내게 "쟤가 너더러 벙어리래"라고 말해줬다. 나는 눈을 동그랗게 뜨고 뒤로 돌아섰다.

"정말 그렇게 말했어?"

"응! 맞잖아?"

들고 있던 배드민턴 채로 아이의 어깨를 내리쳤다. 소리 지르며 울던 아이의 엄마가 나오더니 내게 소리쳤다. 울 엄마도 나오면서 애들 싸움이 어른들 싸움으로 번졌다.

소리를 못 들으면 균형감각이 사라진다. 어지럼증이 생기면서 고무줄 놀이를 하지 못하게 됐다. 한쪽 발로는 중심 잡기가 어려워졌다. 발목까지 오는 개울도 건너지 못해 쓰러졌고, 징검다리도 건너지 못했다. 밤에는 나가지도 못했는데, 어두운 곳에서는 걸핏하면 넘어지기 때문이었다. 어른이 되어 알게 됐는데, 청각은 중심을 잡아준다. 신체 기능을 통합해주는 핵심 중추가 청각 신경계라서 그렇다.

고무줄 놀이 대신 남자애들이 하는 구슬치기나 딱지치기에 기웃거렸다. 구슬이나 딱지를 다 잃고 오면 오빠가 다그쳤다. 하지만 그 소리마저 들리지 않아서, 그저 해맑게 웃고 서 있었다. 그러면 내가 잃은 걸 형제가 다시 따 왔다.

가족은 곁을 주지만, 친구는 그렇지 않았다. 나는 자주 비틀거리고, 넘어지고, 다쳤다. 몸이 약해서라며 부모님은 보양식을 먹이셨지만, 나는 거부했다. 고기의 누린내가 너무 싫었다.

맨날 넘어져 무릎과 다리가 성할 날이 없었다. 자란 곳은 시골이고 산이 있고 물이 있다. 10대 후반이 되었을 때 밤길을 같이 걷던 사람이 물었다.

"술 마셨어? 왜 그렇게 비틀거려?"

"아니, 안 마셨어, 그냥 나도 모르게 비틀거려."

어두운 곳에서는 누군가가 잡아주지 않으면 비틀거리다 넘어지기도 한다. 어두운 밤길이 무섭고 강 위에 떠 있는 다리가 무섭다. 나는 사람이 무서운 게 아니라 어둠이 무섭다. 눈마저 감으면 세상은 암흑이었고 한 발자국도 내딛지 못한다. 사물도 소리도 사라진다. 헬렌 켈러의 위대함이 생각나는 순간이었다.

더는 대화가 되지 않는 딸을 바라보면서 어떡해서든 다시 듣게 하기 위해 아버지는 민간요법을 찾았다. 이는 또 다른 고통의 시작이었다. 내 아버지는 법 없이도 살았다. 어려서부터 한문을 배웠고, 학교는 초등학교만 나왔다. 언문(한글)만 떼면 된다던 할아버지 때문이었다. 엄마는 슬픔을 밖으로 쏟아내는 성격이라면 아버지는 평온한 표정을 가장해 안으로 삼키는 성격이었다. 그래서 아버지에게 딸의 장애는 아주 큰 충격으로 다가왔다. 병원에서 놓쳐버린 골든타임을 민간요법으로 되돌리고 싶어 했다. 들리게 하고야 말겠다는 부정을 어린 딸은 알지 못했지만, 약을 만드는 아버지의 모습을 옆에서 지켜보았기에 아파도 순응했다. 달걀노른자를 태워 만든 정체 모를 기름을 종이에 발라 연기가 귓속으로 들어가게 하는 민간요법이었다. 그렇게 하면 귀에서 눈을 통해 머리끝까지 찌르는 아픔이 밀려왔으나, 비명조차 나오지 않았다. 한껏 웅크릴 뿐이다. 그렇게 해서라도 다시 들린다면 얼마든지 참을 수 있었다.

〈 새로운 시작은 아픔의 시작이다

내 어린 시절에는 청각장애인이 많았다. 이런저런 병으로 장애가 온 사람들이었다. 전쟁과 질병으로 장애인이 되는 경우가 다른 어느 시대보다 많았던 때였다. 그렇게 장애인이 많았는데도 약자로 취급된 것은 비장애인 사회라서 그렇지 않았을까? 전쟁터에서 팔, 다리를 잃고 장애인이 된 사연과는 달리 질병이나 선천적으로 장애인이 된 사람들은 집 밖에 나설 수 없었다. 집안의 수치이자 창피라 생각해서 그런지도 모르겠다.

다행히도 나는 자유로웠다. 그저 안 들릴 뿐이라는 부모님의 생각 덕분에 평범하게 자랐다. 어른이 되어서는 달라졌지만, 그때는 그렇게 살아갔다. 그 시절 영월역 앞에는 손과 다리가 없는 아저씨들이 많이 오갔다. 국화빵을 팔던 아저씨의 손도 갈고리였다. 물음표 같던 그 손으로 국화빵을 뒤집던 모습을 그때는 재미있게 보던 기억이 난다. 더럽다기보다 신기했고, 아저씨의 사람 좋은 미소가 좋았다. 그 앞에서 빤히 쳐다보고 있던 나를 친구가 잡아 흔들더니 뭐라 뭐라 말하고는 뛰어갔다. 놀자고 따라오라는 뜻이겠지. 영문도 모르고 끌려갔지만 그래도 좋았다. 돈이 없어 국화빵은 못 사 먹고 자리를 털고 일어섰다.

2

외계인 같은 말소리

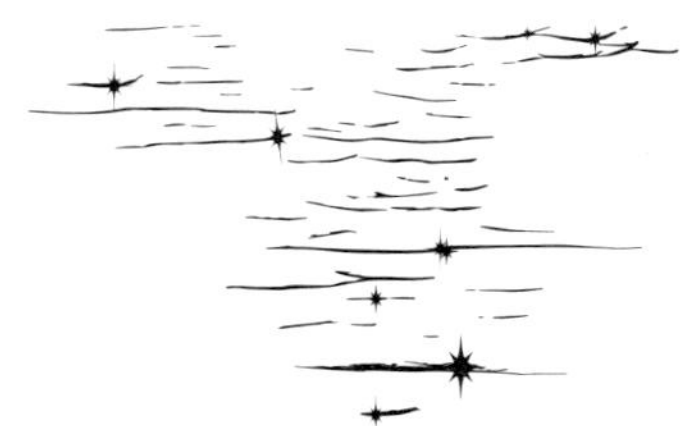

〈 언어장애가 왔다

국어 시간에 친구들이 너도나도 손을 들었다. 뭔지 모른 채 나도 손을 들었다. 선생님이 나를 지목했다. 얼떨결에 일어서니 국어책을 읽으라고 하셨다. 보통은 선생님이 읽으며 수업을 했는데, 가끔은 학생에게 읽으라고 했다. 내가 읽기 시작하자 50명 넘는 눈이 일제히 나를 보고 있다는 것을 눈치로 알았다. 나한텐 들리지 않아서 내 소리가 어떤지 몰랐다. '잘 읽나 봐'라는 생각에 어깨가 으쓱해졌다.

그건 나 혼자만의 생각이었다. 그날 오후, 친구를 통해 나는 알았다. 내가 하는 말은 외계어 같다는 것을.

"국어책 읽을 때 네가 읽는 거 하나도 못 알아듣겠던데, 네 말투가 이상해!"

5학년의 가을날, 나는 세상이 끝나는 것 같은 충격을 받았다.

그날 이후, 친구들의 시선도 달라졌다. 그동안 짧게 말할 때는 별로

표시가 안 났지만 길게 말하면 달라진 게 티가 났던 것이다. 내가 들리지 않는다는 사실을 그들도 몰랐을 것이다. 친구들 앞에서 책을 읽으면서 내 발음이 어눌하다는 게 밝혀진 후로 '벙어리'라고 불리며 놀림거리가 되었다. 친구들은 나를 따돌리기 시작했다. 그들은 성인이 아니었으므로 다름을 인정하지 못했다. 뒤에서 하는 언어폭력은 안 들리니 그만이었다. 그러나 눈에 보이는 표정은 나를 주눅 들게 하기에 충분했다.

⟨ 말을 찾아서

나를 돌아보게 되었다. 그때까지만 해도 안 들린다는 것을 정확하게는 인지하지 못했다. 그저 세상이 조용할 뿐이었다. 그날 저녁, 밥상에 둘러앉은 저녁 식사 자리에서 아버지에게 물었다.

"아버지! 내 말투가 이상해?"

물끄러미 쳐다보시던 아버지는 "안 이상해!" 하셨다.

"엄마는?"

"안 이상해!"

방바닥에 엎드려 숙제하고 있는 동생에게 물었다. "내 말 이상해?" 그러자 쳐다보지도 않고 고개를 끄덕이며 "응, 이상해!" 했다. 아이들은 거짓말을 못 한다. 충격이 번개 치듯 몰려와 어떻게 해야 할지 몰랐다. 그때 참고서가 눈에 들어왔다. 말할 수 있는 방법이 있을 거라 생각하고, 쓰기와 읽기 단어들을 모조리 찾아 공책에 쓰기 시작했다.

표준전과, 동아전과 같은 참고서에는 쓰기와 읽기 예문이 있었다. 그것을 모아 적어가면서 말을 다시 배우기 시작했다. 오랜 시간이 지난 후, 볼펜을 물고 발음을 연습했다.

동생이 발음을 정정해주었다. 친구들이 나를 놀리는 게 싫어서였는지, 아니면 내가 어눌하게 말하는 게 싫어서 그토록 배우려고 애썼던 것인지는 지금도 잘 모르겠다. 혓바닥이 뻐근해지고 침이 질질 흘러내리며 아팠다. 아픔을 참느라 무의식적으로 치아로 깨물기도 했다. 말하지 않으면 혀가 굳는다, 듣는 것이 없으면 말이 되어 나오지 않는다. 그렇게 언어장애도 함께 온다.

지금 생각해보면 어린 내가 어떻게 그렇게 할 생각을 했는지 기특하다. 어른이 되고 나서 어린 나를 돌아보면 대견하단 생각이 든다. 그렇게 할 생각을 못 했다면, 지금의 나는 없었을 것이다. 그리고 얼굴도 이름도 잊었지만, 내 발음이 이상하다고 말해준 친구에게 고맙다.

TV의 뉴스는 아버지의 이야기를 통해 알아갔다. 시대가 달라진 지금은 모든 미디어에서 자막 서비스를 해주니 세상 소식을 쉽게 접할 수 있다. 학교는 많이 다니지 못했지만, 배움에 대한 목마름으로 독학한 결과 지금의 내가 되었고 행복한 오늘을 살게 해주었다.

﹤세상은 불공평하다

몇 년 후, 집안에 또 다른 불행이 닥쳐왔다. 부모님에게는 가혹하리

만치 불공평한 일이었다. 23세였던 오빠가 채 꿈을 펼쳐보기도 전에 사고로 세상을 떠난 것이다. 딸은 장애인이 되고 장남은 저세상으로 떠났다. 그 후부터 아버지는 더욱 말이 줄어들었다. 그 시대의 어머니들에게 장남은 남편과는 다른 의미로 든든한 울타리였다. 그러니 딸이 장애인이 된 것보다 장남의 사망은 더 심장을 도려내는 듯한 아픔이었을 것이다. 늘 눈물짓던 엄마를 지금은 이해할 수 있다. 큰아들을 가슴에 고이 묻고, 돌아가시는 그날까지 한순간도 잊지 못하셨다.

자식 없으니 오십이 넘어서도 큰아들을 잃은 부모의 마음을 완전히 헤아리지는 못했다. 오빠의 죽음이 슬퍼도 부모님만큼 슬프지는 않았을 것이다. 장애인이 된 딸을 바라보며 한숨짓는 엄마를 보며, '장남이 살고 내가 죽었어야 하는 것이었을까?'라는 생각에 엄마의 상처를 헤집고 내 상처에 스스로 생채기를 내면서 우울한 세월을 보내기도 했다.

엄마가 여든이 되던 무렵에 그때 내가 했던 말이 엄마를 얼마나 힘들게 했는지 여쭤보았다. 한때 잠시 생각은 했었지만 나이 들어보니 딸만 한 자식은 없다는 생각이 들더라고 답했다.

"미안하다. 네가 못 들어도 엄마와 하는 대화는 다 알아들어서 얼마나 고마운지. 너라도 없었으면 이 노년을 어찌 보냈을까?"

아들이 아프고 그립기는 하지만 인연이 거기까지였을 거란 엄마의 말이 나이 들어가는 내게도 쓸쓸히 다가온다. 여동생을 아끼던 오빠의 모습은 이제 희미해져 안개 속에 있는 것 같다.

말을 배우는 데는 도움이 필요하다

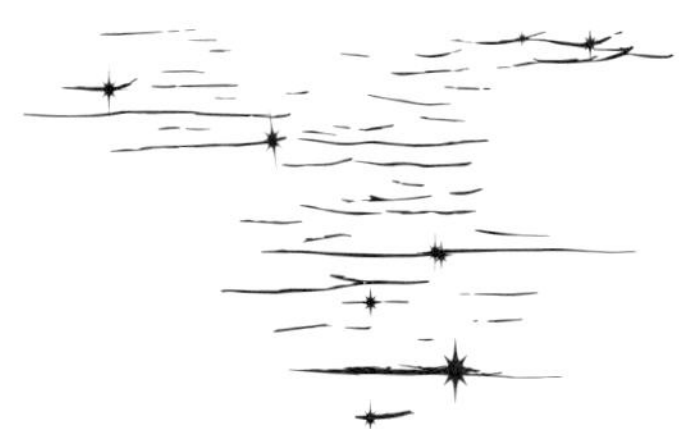

⟨ 들리지 않아도 그대로 살아간다

모르는 사람과 대화할 일이 생기면 대개 반응이 비슷하다. "외국에서 왔나 봐요?" 아니면 "말을 잘 못 하나 봐요?"라고 묻는다. 어릴 때는 그냥 지나쳤지만, 이제는 안 들린다고 솔직히 말한다. 그러면 다들 "아, 그렇구나" 한다.

아무렇지 않은 척하지만 마음은 찌르는 듯 아프고 얼굴은 달아오른다. 수없이 이런 말을 들으며 살아온 인생이다. 그래서인지 말을 더 잘하고 싶은 욕심이 생겼다. 볼펜을 물고 책을 읽었다. 말은 어려서부터 해왔으니 안 들리는 것 외엔 달라진 것 없다. 장애인이 되었어도 집에서는 평범한 딸이었다. 부모님도 딸이 안 들린다고 해서 변하지 않았다.

자아가 형성된 뒤에 온 장애라서 혼란스러웠고 힘들었다. 참고서를 통해 발음을 다시금 배우고, 아프고 굳은 혀를 부드럽게 풀려 노력했다. 정확한 발음은 아니지만 그래도 언어를 지켜서 지금만큼 말할 수 있었다. 혼자서도 말하고 책을 읽고 노래한다. 그 소리가 듣기 싫으셨던지 아버지가 "노래는 속으로 해!"라고 했다. 아마도 많이 시끄러웠는 모양이다. 그런데도 많이 참아줬다. 결혼 생활 중 남편이 내 노래를 듣고 한마디 한 후로는 다시는 사람들 앞에서 노래하지 않았다. "당신이 부르는 노래는 개구리가 개굴개굴 하는 것 같아. 하하." 놀리듯 한 말이 상처는 좀 됐다.

　　말하고 노래하고 배우는 것 외에 가족들과의 대화도 도움이 됐다. 말하지 못했다면 가정에서도 소외되어 힘들었을 것이다. 밖에서도 되도록 말로 하려 애썼다. 어눌하고 서툴지만 그렇게 살아왔다. 특수학교가 있는지도 몰랐다. 그저 들리지 않을 뿐, 일상생활이 크게 불편하지 않아서 그럭저럭 살았다. 들리지 않는다고 소외되지는 않았다. 학교는 가지 않았지만 독학으로 배웠다. 처음에는 자존감도 용기도 없이 쓸데없는 자존심만 남아 있었다. 그렇지만 결국 나 자신을 찾으며, 나를 감추기에 바빴던 인생을 바꿨다.

＜ 도움 그리고 관심이 필요하다

　　내가 알아야 할 것은 모두 가정에서 배웠다. 엄마가 말씀하셨다.

　　"너는 말을 빠르게 하지 말고 천천히 또박또박 말하면 말이 괜찮아. 급하게 너무 빨리 말하면 혀가 꼬이는 것처럼 말이 이상하게 나와서 엄마도 못 알아듣겠어."

쉽게 고쳐지지 않았지만 노력했다. 딸을 지켜만 보던 아버지도 어느 날부터인가 나에게 말씀해주셨다. "말 천천히 해! 숨 쉬고, 다시 말해봐!" 호흡을 가다듬고 다시 말했다. "그렇지! 그렇게 해야, 알아듣지." 소리가 들리지 않는 딸을 어떻게 도와주어야 하는지 부모님도 몰랐다. 그저 들리지 않을 뿐인 딸을 감싸고 보호해야 한다는 생각뿐이었다. 그래서 밖은 위험하니 안전한 집에 있길 바랐다. 딸이 자라서 성인이 되었을 때는 생각하지 못했다. 나는 집에 있으면서 세상의 일은 신문을 보면서 알았고, 또래의 일은 동생에게 들었다. 동생은 학교 생활과 친구들 이야기를 자주 이야기했다. 집에서만 지내는 내게는 재미있었다. 인생살이는 소설을 통해 알아가고, 심심하면 만화책을 봤다. 일기를 쓰고 책을 읽으면서 나의 10대는 그렇게 흘러갔다.

설거지하면서 그릇과 그릇이 부딪혔다. 소리가 요란했던지 엄마가 다가오셨다.

"금자야! 이 소리가 얼마나 시끄러운 줄 알아?"

"나야 모르지."

"그릇과 그릇이 부딪히지 않게 해야 해!"

방문 닫히는 소리가 그렇게 시끄럽고 큰 줄도 몰랐다. "문은 손으로 잡고 천천히 닫아!" 엄마의 잔소리를 들어가며 고쳐나갔다. 들리지 않아서 무심코 한 행동이 타인에게는 무례하게 보여 오해할지 모른다고 말씀하셨다. 결혼생활 중에는 마음이 불편할 때마다 그릇이 깨져라 설거지하곤 했다. 그 시끄러움이 내 마음이라고 남편에게 말했다. "이 소리가 내 마음의 소리야!"

＜ 청각장애인을 위한 '와우수술'조차도 내게는

오래전 알던 사람 중에 40대가 되고 난 후에 귀가 들리지 않았다는 사람이 있었다. 그도 들리지 않게 되면서 말도 어눌해지는 것을 느꼈다고 했다. 하지만 어느 정도로 어눌한지는 몰랐다. 그렇게 지내던 중에 와우수술을 하게 되었단다. 다시 소리가 들리고 난 후 자신의 말소리를 들었을 때, 너무 충격이었다고 했다. 수술 후 재활 훈련을 하다 보니 자연스럽게 예전처럼 말하게 되었고 살아가는 것이 행복해졌단다. 그는 소리가 들리지 않게 된 후의 삶은 살아가는 것 같지 않았고, 무엇을 해도 답답했으며, 말이 줄어들면서 사람들과의 교류가 끊기고 홀로 지내는 시간이 많았다. 자신이 하는 말은 물론이고 상대가 하는 말도 알아듣지 못해 생긴 오해와 소통의 부재는 살아 있음을 부정하게 됐다. 청각장애로 인해 스스로를 좁은 테두리 안에 가두고 사회에서 멀어졌는데, 다시 소리를 들으면서 인생이 바뀌었고 삶이 소중하게 다가왔다고 한다.

이 사람은 이유 없이 소리를 못 듣게 되었지만 나보다는 훨씬 행운이다. 와우수술이 누구나 가능한 것은 아니었기 때문이다. 나도 두 번이나 검사를 받았지만 수술 불가 판정을 받았다. 청신경이 녹았다나 뭐라나. 그러니 죽는 날까지 잡음 하나 없는 고요한 세상에서 살아야 한다.

만약 내가 혀를 깨물면서까지 발음을 고치려고 노력하지 않았다면,

말하고 노래하지 않았다면, 가족들과의 대화에 끼지 않았다면, 가족에게조차 소외되면서 영원히 '나'라는 동굴 속에 갇혀 살았을지도 모른다. 인내와 노력 끝에 이제는 사회에 나가서도 수어 대신 말로 의사소통한다. 어눌하고 서툴기는 하지만 그렇게 살아왔으니 계속 그렇게 살겠다고 고집부린다.

자존감은 땅에 떨어지고 용기도 없이 쓸데없는 자기애만 남아 고집불통이 되기는 싫었다. 나를 감추려고만 하는 삶도 살기 싫었다. 그래서 내 인생을 잘 살고 싶어 바꿔왔다. 어눌해도 언어는 비장애인과 섞여서 살아가기 위해 더할 나위 없이 귀중하고 감사한 선물이다. 신은 내게 소리를 앗아갔지만, '말'은 선물로 남겨두었다.

＜나는 경계성 장애다

선천적인 장애와 성인이 되어 생긴 장애는 차이가 크다. 선천적인 장애나 어려서 생긴 장애라면 수어를 배우고 그들의 문화를 만든다. 하지만 성인이 되어 장애가 찾아오면 예전에 속했던 문화에 스며들기를 원한다. 쉽지는 않은 일이다.

지금도 느끼지만 나는 스스로 경계성 장애라 생각한다. 비장애인 세계에서는 장애로 인정해 받아들이지 않고 농인 사회에서는 말이라는 언어를 사용하니 배척당한다. 나 또한 혼란스럽다. 나는 어디에서 살아갈까?

결국 살아온 대로 살아가자고 마음먹었다. 그렇게 살면서 두 문화에 스며들자. 그러나 욕먹을 행동을 하는 듯 마음이 불편하기도 하다. 수어는 배웠지만 사용하지 못하고 있다. 말의 언어가 빠르게 흘러가듯이 수어도 빠르게 흘러간다. 속도를 따르지 못해 대화에 끼어들지 못한다. 수어를 언어로 하는 농인들의 대화는 내가 따라잡을 수 있는 속도가 아니었다. 건청인과 나, 농인들 사이의 나, 나는 어디에 속할까? 나 자신에게 40년째 물어보는 질문이다.

나는 청각장애인이지만 농인 문화가 아닌 기존 사회에서 살았던 그대로 살아간다. 나를 다르게 보는 시선도 많지만, 그 시선을 받아들인다. 내가 장애를 신경 쓰기 시작한 것은 마흔이 넘어 사회생활을 시작하면서였다. 그 전엔 신경 쓰지 않고 살았다. 장애를 받아들였다기보다 나를 대하는 사람 그 누구도 청각장애인이라고 여기지 않았다. 그저 소리가 안 들릴 뿐 대화는 되는 사람이었다.

사회생활을 시작하면서 장애를 인식하고 내 정체성에 대한 혼란이 오기 시작했다. 건청인과 농인 세계 그 어디서도 나를 받아주지 않았다. 경험이 늘고 나이 든 지금은 중요하지도 않고 신경 쓰지도 않지만, 괴롭고 힘들고 고난한 시간이었다. 그래서 이어 대해 시를 써보았다.

신의 뜻

이금자

소리를 잃었다
'신'은
아홉 살 소녀에게서
여물기도 전의 소리를
축복 속에 선물한 소리를

어떤 장난을 하고 싶었던 건지
9년의 시간을 유효기간으로 정해
그 시간이 끝나갈 때 거두어 갔다.
높은 곳에서 참 심심했나 보다.
고난을 겪어보라는 신의 뜻인지

신의 소원대로 고난한 시간을 보내고
맞이한 늙음, 황혼에 서서
인생 막차에 올라보니
비로소 보이는 것들.

들리지 않은 것은 운명이었고
말하고 있는 것은 선물이었다.
모자라지 않고
넘치지 않음은
그저 지금의 나로 충분하다는
신의 조용한 메시지였다.

학교는 더 이상 즐거운 곳이 아니다

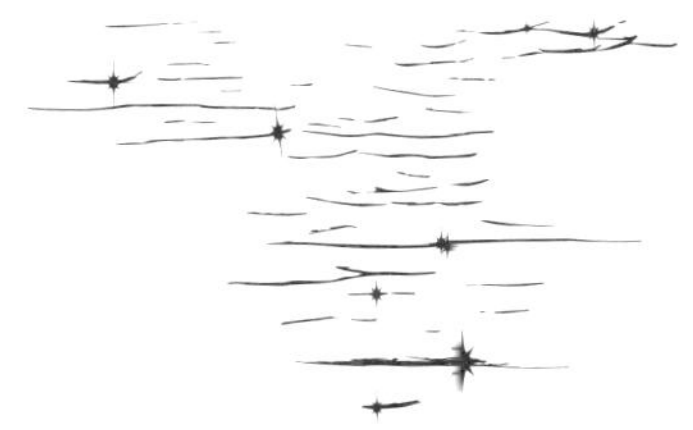

⟨ 질투는 폭력을 불러온다

상담 끝에 나는 3학년에 복학했다. 그렇게 시작된 학교생활은 어색하고 서툴렀고 눈치가 늘었다. 첫날, 내 자리에 모여들어 쉼 없이 말을 걸어오는 친구들에게 대답하지 못한다. 사방에서 말을 걸어도 나는 들리지 않았으니까. 선생님과 엄마가 상담한 후로 많은 편의가 주어졌다. 선생님은 내가 숙제를 해 가지 않아도, 공부를 못해도 체벌하지 않았다. 청소도 시키지 않았다. 수업이 끝나면, 사고 방지를 위해 같은 동네에 사는 친구와 함께 집에 가라고 했다. 점수는 올라가지 않았지만, 조금씩 배우고 있었다.

선생님의 관심이 안 좋은 결과로 다가왔다. 친구들은 체벌을 받지도 않고, 청소나 그 무엇도 하지 않는 나에게 시기와 질투를 느꼈다. 남학생 보다 여학생이 더했다. 교실 들어갈 때 발 걸어서 넘어뜨리기, 뒤에서 머리카락 잡아당기기, 책상 위 공책 쓸어내리기 등 선생님의 눈을 피해 괴롭혔다. 소리가 들리지 않으니 대처하지도 못했다. 하긴, 들렸다면 놀리지도 않았을 테고 당하지도 않았을 것이다. 예전처럼 대화가 되지 않았으니 싸우지도 못했다. 고자질은 생각도 못 했다. 고자질은 나쁜 거라고 배웠으니까.

5학년이 되었다. 대화는 하고 놀기는 하지만 소통은 잘되지 않았다. 이때도 나는 들리지 않는다는 것을 자각하지 못했다. 친구가 내 말이 이상하다고 말해주기 전까지 몰랐다. 친구들이 말을 걸어도 누구에게도 답하지 못했다. 이해를 바랄 수도 없었다. 지금은 이해한다. 막 열 살이 넘은 아이들의 행동을. 친구들은 나의 대답 없음을 이해하고 받아들이기엔 너무 어렸다. 그렇게 서서히 혼자가 되었다. 어린 마음에도 학교는 더 이상 즐겁거나 행복한 곳이 아니었다. 학교 가는 그 길이 1학년 그때 그 마음이 아니었다.

＜영원히 머릿속에 저장된 이름

잊히지 않는 폭력이 있다. 그날도 선생님은 친구에게 나를 부탁했다. 교실을 나서는 나를 반장이 앞을 가로막았다.

"청소하고 가야지?"

"응?"

"청소하고 가라고!!!"

"알았어."

대들 용기도 없었다. 가방을 내려놓고 책상을 옮겼다. 청소하려는데 친구들은 원을 그리며 중앙에 나를 넣고 힘차게 밀쳤다.

그렇게 거듭 나를 밀쳤다. 마루로 된 바닥은 거칠었다. 쓰러지면서 다리에는 생채기가 났다. 머리는 산발이 되고 울음조차 나오지 않았다. 집으로 돌아온 나를 보고 엄마는 말이 없었다. 다음 날 엄마가 학교를 찾았지만, 친구들의 행동은 나아지지 않았다. 다른 친구들의 이름은 모두 잊었다. 얼굴도 잊었다. 그러나 단 두 사람, 지금도 그 이름을 기억한다. 키도 작고 얼굴도 작아서 늘 앞자리에 앉아 있던 친구 둘. 얼굴도 기억한다. 아이들의 시기와 질투에서 나온 폭력이지만 당하는 나는 힘들었다. 선생님 몰래 가해지는 폭력은 짙은 어둠 속으로 나를 몰아넣었다.

2장

고통 속에서 꽃을 피우다

1

투명 인간이 되다

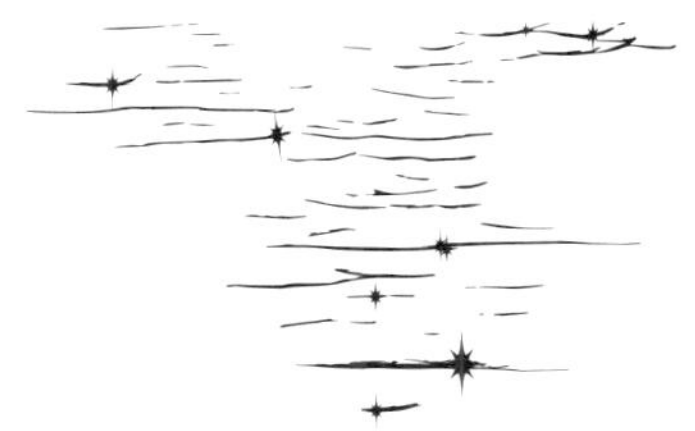

⟨ 불혹에 시작한 사회생활

스물여섯에 결혼해 마흔한 살에 혼자가 되었다. 신혼 6개월에 남편은 위암 판정을 받았다. 15년이 넘는 오랜 시간 부부가 힘들어했다. 강산이 한 번하고도 반은 바뀔 시간 동안, 남편보다 내가 먼저 죽을 것 같았다. 성당을 오가며 나도 할 만큼 했다고 신에게 하소연했다. 우울감이 나를 짓눌렀다. 남편의 장례식장에서는 울음도 웃음도 나오지 않았다. 사람들은 날 보고 남편 장례식장에서 눈물도 흘리지 않는다고 수군댔다. 그럼에도 울음은 나오지 않았다. 자고만 싶었다. 남편을 보내고 긴 잠에 빠졌다. 동면에 드는 동물처럼 잠에 빠져들었다. 슬픔은 느껴지지 않았다. 그렇게 한 달을 잠만 잤다. 다시는 뒤돌아보고 싶지 않은 전라도 광주를 책과 옷가지 몇 개만 챙겨 두 달 만에 떠났다. 여행으로라도 다시는 돌아보고 싶지 않은 곳이다.

남편을 떠나보내고, 전라도 광주에서 서울로 왔다. 집도 돈도 없어서 동생 집에서 1년 6개월 동안 더부살이한 끝에 수유동 반지하 방으로 독립했다. 햇볕 한 줄기 들어오지 않는 반지하 방은 낮에도 어두웠다. 결혼으로 인해 지방으로 가면서, 휴대폰도 없던 시절이라 전화도 하지 못하고 고립된 삶을 살았다. 그렇게 돌아온 서울에는 친구도 지인도 모두 떠나고 없었다. 다시 시작해야 하는 황무지 같은 도시였다. 친구와 지인을 찾아도 긴 시간의 공백에 어색해했다. 모든 것을 버리고 다시 시작해야 했다. 막막했던 현실 앞에서 참 많이 외로웠다. 배운 것도 없지만 주부로만 17년을 사느라 사회에 나갈 상황이 아니었다. 그럼에도 수화를 배우기 시작하면서 만난 좋은 사람들을 통해 사회를 알아갔다.

어디서 그런 용기가 생겼는지 밤이면 외출했다. 나는 안면이 조금이라도 있다면 사람을 만나러 나갔다. 낮에는 방황하고 밤이면 좀비처럼 집을 나섰다. 이런 나를 동생은 곱지 않게 보기도 했다. 하지만 신경 쓰지 않았다. 내 인생을 살아야 했다. 일회적이든 장기적이든 사람을 만나서 나를 알렸다. 하지만 결과는 좋지 않았다.

대화가 많지 않아서 앉아 있는 자리가 숨이 멎도록 불편하고 가슴이 옥죄듯 아파도 끝내 자리를 지켰다. 그렇게 조금씩 익숙해지면서 지인이 생기고 나를 기억하는 사람이 생겨났다. 그리고 용기를 내고 살아가는 내가 있었다. 지금이라면 그때처럼 못할 것 같다. 하고 싶지도 않지만, 하고자 하는 마음도 없다. 수없이 많은 사람을 만났지만 현재까지 이어진 사람은 없다. 그 사람들도 자신들의 편의에 의해, 생존하는 데 필요한 사람을 찾아다녔을 것이기에 이해가 되기도 했다. 그들은 그런 사람을 찾았을지 궁금하다.

＜ 수화를 배우며 만난 인연

방황하던 시절, 나는 수화를 배우기로 했다. 반지하 방으로 이사 갔을 때, 그 동네에 있던 농아선교회에서 수화를 배웠다. 함께 배우는 건청인 20대 청춘들과 친구가 되었다. 우울했던 시절 웃음을 선사해준 사람들이었다. 40대와 20대의 만남인데도 우리는 잘 어울렸다. 내 정신연령이 어려서일까? 참 잘 통했다. 여행과 모험을 하고, 서울 거리를 누비면서 혼자는 할 수 없는 일을 젊은 청춘들 덕분에 했으며, 살아 있음에 감사하고 살아갈 용기를 얻었다. 지금은 멀리 떨어져 지내지만, 지금도 소통하고 있다. 이들과 만났던 그 시절이 여덟 살 이전의 시절을 빼면 내 생애 제일 행복했던 시간이었다.

20년 전에 강북구 수유동에 있던 농아선교회는 지금은 없어졌다. 농인의 종교 활동을 위해 외국인 수녀님이 처음으로 시작한 곳인데, 현재 농인 성당이 세워지기 전까지 운영되었다. 성동구 정릉에 있는 툿찡 포교 베네딕도 서울수녀회의 전신으로 언제나 웃음이 끊이지 않던 곳이기도 하다. 수화를 배우기 위해 많은 사람들이 찾아갔다. 그곳에서 수화를 배우기 위해 들어간 나에게 또 다른 인연이 시작됐다.

이곳으로 가기 전 많은 곳을 다녀봤지만 인연은 없었다. 잘되지도 않았다. 건청인들과의 인연은 항상 숙제다. 좋은 점보다 나쁜 점이 더 많았으니까. 이렇게 힘든데 그냥 수화를 배워 농인 사회로 들어갈까 하는 마음이 커졌다. 그러나 농인들과는 쉽게 친해지지 못하고 수화 배우기 위해 만난 미래의 수화 통역사, 초보 통역사들과 인연을 맺었다. 농아선교회와 가까웠던 내가 살던 반지하방은 봉사자들의 아지트가 되어 24시간 열려 있었고, 그들의 웃음에 나도 즐거운 시간을 보낸다.

농인들과의 거리를 좁히지 못하고 겉도는 사이, 나는 이사를 갔다. 농아선교회 시절 건청인 신부님을 초빙해 보던 미사는 이제 두 분의 농아 신부님이 탄생해 농인 성당에서 미사를 집전한다. 마장동 에파타 성당 농인들과 건청인이 함께 미사를 드리고 만남을 이어가고 있다. 건청인도 아닌, 농인도 아닌, 청각장애인인 나는 두 세계의 중간 어디쯤에서 살고 있다. 두 문화는 나를 받아들이지 않는다, 슬프게도.

〈 퀼트로 인생을 시작하다

어려서부터 하던 바느질은 재미있었다. 특별한 재주가 없어도 바늘 끝에 실을 꿰어 천에 바느질하면 무엇이든 만들 수 있었다. 남편이 암으로 투병 생활할 때, 위로가 될 무엇인가가 필요했다. 그때 동네 있던 퀼트 숍이 눈에 들어왔다. 매일 지나던 길목인데 왜 그냥 지나쳤을까? 조용히 문을 열고 들어갔다. 예쁘고 귀여운 작품들을 배우고 싶었지만 배울 수 없었다. 그 시절 퀼트를 배우려면 적지 않은 돈이 들어서다. 남편이 암으로 투병 중이었던 시절이어서 경제적으로 힘든 때였다.

비상금을 털었다. 내가 살기 위해서 배웠다. 작은 소품을 만들면서 우울감도, 공황이 올 듯한 몸도 꾀병이었던 듯 나았다. 소리가 없어도 즐겁게 할 수 있는 바느질은 재미있고 즐거웠다. 숨이 쉬어졌고 하루가 금방 갔다. 늘 우울하던 얼굴에 미소가 번졌다. 날 서 있던 내가 남편에게도 조금은 부드러워졌다. 암이 재발하면 환자보다 보호자가 더 힘들다. 탈모로 빠져버린 머리카락이 다시 자라지 않는 것이 그 시절을 증명한다.

남편과 이별하고 본격적으로 퀼트를 배울 때 진심으로 울었다. 취미가 아니라 전문적으로 가는 길은 달라서다. 소리의 절실함을 느꼈고 대화의 고립감도 느꼈다. 인생에서 처음으로 겪는 일이었다. 영원히 잠에서 깨지 않기를 기도할 정도였다.

"주여, 이 순간 고통을 주시려거든 차라리 저를 데려가십시요. 원망하지는 않겠습니다."

귀가 안 들려서 진도가 더디게 나갔다. 처음은 쉬웠다. 눈치껏 만들면 됐으니까. 하지만 전문 과정으로 가는 길은 험난했다. 수업은 만들기만큼이나 듣기가 중요했다. 집중력을 최고치로 끌어 올려 뚫어져라 쳐다보고 있자니 두통이 밀려왔다. 지금은 뭐라고 말해도 다 알아듣지만, 그때는 절망적이고 암담했다. 옆 사람에게 말을 건넨다. "필기 좀 봐도 될까요?" 하지만 알아보기가 쉽지 않았다. 10분이 한 시간 같았고 한 시간이 열 시간 같았다. 그들은 내가 물어보는 말에 모른다고만 했다. 그들도 배우는 입장이었으니 그럴 수 있었다. 더디게 가던 그때, 마음이 참 많이 아팠다.

＜은빛 모래알이고 싶다

어린 날, 영월 동강에서 수영할 때 모래언덕을 오르며 움켜쥐었다
가 손을 탈탈 털면 손바닥에 남아 햇볕에 반짝이며 예쁘게 빛나던 은빛
모래알이 있었다. 그 반짝임이 예뻐 태양을 향해 손을 흔들었던 기억이
있다.

'나는 들리지 않기 때문에 무엇을 해도 안 될 거야. 전화도 할 수 없
고 사람 말도 들리지 않고 내가 할 수 있는 일은 없을 거야.'

늘 이렇게 생각했다. 그러니까 모래처럼 손가락 사이로 빠져나가는
것에는 미련 두지 말자고 생각했다. 현실을 깨닫고 마음을 접으며 인생
을 살아갔다. 그래도 손바닥에 붙어 빛나는 은빛 모래알이 되고 싶었다.

잡으려 해도 잡히지 않던 것들, 쌓으려고 애써도 끝내 쌓이지 않던
힘. 끊임없이 나를 괴롭히던 시간이 지나고 나서야 나는 조금의 힘을 얻
었다. 젊은 날의 나는, 내가 처한 현실이 꿈이기를 바랐다. 그 꿈에서 하
루라도 빨리 깨어나고 싶었다. 결혼으로 잃어버린 나의 16년은 보상받을
길이 없어 가슴 깊이 묻어두었다. 그러나 나는 혼자 아등바등 살아가며
결국 나 자신에게 돌려주었다. 쉽지 않은 삶이었다. 그럼에도 나는 잘 이
겨냈다.

지금의 나는 희망 없이 하루를 버티는 '한 사람의 장애인'이 아니다.

하루를 하루답게 꾸준히 살아가고 있는, 그저 한 사람의 인간으로 존재한다. 뜬구름처럼 잡히지 않던 것들이 이제는 손에 잡혀 손바닥 위에 남아 반짝이고 있다. 은빛 모래알이고 싶다는 작은 희망이 마침내 기적을 불러왔다. 꿈은 꿈일 뿐이라는 생각을 나는 깨버렸다. 꿈은 현실이 되기도 한다.

＜희망은 작은 빛에서 찾아오고

어려서부터 욕심이 많았다. 하지만 남자 형제들 틈에 자라면서 장애가 있는 내가 목소리 높이는 일은 없었다. 부모님은 들리지 않는 딸자식을 밖으로 내보내려 하지 않았다. 스무 살에 신문을 보고 알게 된 '서울 장애인 종합복지관'에 가겠다고 고집부린 게 내가 목소리를 높인 전부였다. 그때 서울에서 처음으로 문을 연 곳이다. 나는 죽을 때까지 밖으로 나갈 일이 없을 것 같은 생각에 이곳에 가겠다고 고집을 부렸다. 부모님은 안 된다고 하셨지만 내가 이겼다. 그렇게 나는 세상 밖으로 나섰다. 그리고 기회는 누가 만들어주는 것이 아니라 스스로 만들어 가야 한다는 것을 느꼈다. 내가 견디고 만들고 배운다면 장애가 있어도 살아갈 희망이 있다.

10대에 꿈은 사치였다. 희망 없는 내일이 무서웠다. 서울로 이사하면서 엄마는 나를 전학시키지 않았다. 형제는 학교에 갔지만, 나는 감춰진 존재였다. 부모님은 나를 학교에 보내지 않았다. 시골 학생의 폭력은 아무것도 아니라고, 서울 학교에서의 폭력은 어찌 견딜까 싶어서라고 말했다. 들리지 않아서 더욱 보낼 수 없었다고, 훗날 16년 동안의 투병 끝에 남편과 사별하고 서울로 돌아와 무엇을 해야 할지 방황하는 모습을 보면서 후회했다고 말했다.

"네가 이렇게 힘들어하고 살기 위해 애쓸 줄 알았다면 그때 학교를 보냈어야 했는데!"

사람의 마음은 항상 바뀐다. 꿈 많은 나이, 어린 소녀의 마음을 가족들은 모른다. 장애인이라는 인식보다는, 들리지 않아서 아무것도 하지 못하는 자신이 너무 싫었다. 학교를 가든 안 가든 들려야 행동이라도 할 텐데 그렇지 못했다. 나이만 들어가던 그때는 희망보다 절망이 더 컸다.

⟨ 회색빛을 무지개색으로

스무 살, 빛나는 청춘이었다. 하고 싶은 것도 많고, 가보고 싶은 곳도 많았다. 하지만 혼자였고, 청각장애인이고, 모험할 용기도 없었다. 고작 버스를 타고 종점과 종점을 오갈 뿐이었다. 창밖으로 보이는 풍경이 새로웠다. 장밋빛 꿈을 꾸며 살고 싶었는데 뿌연 회색빛이었다. 장애 때문에 자신을 보는 눈이 일찍 깨어났다. 부모님도 모를 고충으로 늘 우울한 청춘이었다. 하지만 청춘은 무지개처럼 찬란하지는 않아도 괜찮았다. 나의 20대는 회색빛으로 빛났으니까. 그 빛 또한 나를 이루는 색이었다. 가장 빛나는 20대의 청춘이라면 장애인, 비장애인을 가를 필요가 없다. 사람 그 자체로 빛나는 것이니까. 훗날 추억을 꺼내보고 나는 그때 그렇게 살았다고 도전과 모험의 경험을 저장하면 된다.

10대에는 내 주위에 친구도 없었고 사람도 없었다. 해야 할 일도 없었다. 집이라는 울타리에 자신을 가두었지만 안락하고 편했다. 하지만 마음은 편하지 않았다. 또래의 친구들을 보면 모험하는 그들이 부러웠다. 책을 읽고 신문을 보며 하루를 보냈다. 책과 신문이 없었다면 나는 세상을 몰랐을 것이다. 글을 몰랐다면 마음의 문도 닫혀 세상과 나를 잇는 다리를 잃어버렸을 것이다. 결국 어두운 음지에서 고통으로 힘들어하는 나를 마주하게 되었을 것이다. 책과 신문이 없었다면 세상은 여전히 소리 없는 벽으로 다가왔을 것이다. 글은 나에게 세상을 열어준 눈이었다. 글을 몰랐더라면 세상은 더욱 낯설고 두려웠을 것이다. 도전하고 모험할 용기도 없었을 것이다. 글은 나에게 '소리를 대신한 언어'였다.

2

낯선 도시 서울, 그 길을 방황하다

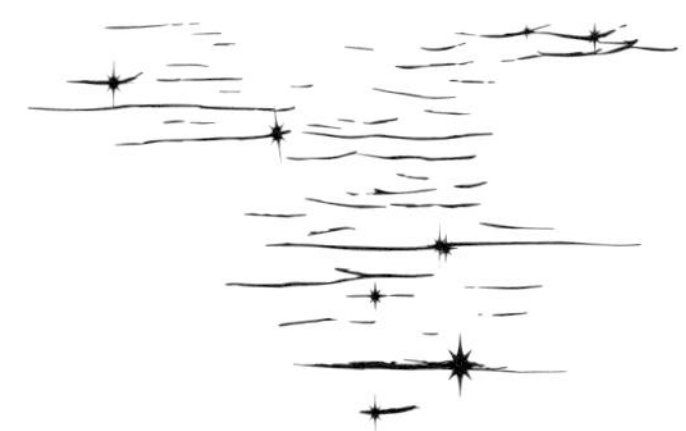

⟨ 도시, 낯설다

어디인가로 떠나고 싶었다. 네모난 상자 같은 방에 갇힌 듯이 사는 인생을 벗어나 새처럼 날고 싶었다. 아무도 도와주는 사람이 없었다. 위험하다고 들리지 않는 딸을 험한 세상에 내놓지 않으려는 부모님만 있을 뿐이다. 거리로 나왔다. 갈 곳이 없어 무작정 버스에 몰라 한참을 달려 이름 모를 곳에 내렸다. 되는대로 걸었다. 오래오래 방황하면서 걸어 다녔지만 시끄러운 차 소리도, 옆을 스치는 사람의 말소리도 들리지 않았다. 시끄러운 소음에서 보호받는 듯했다. 하늘이 비웃는 것 같다. 그 길 위에서 마주한 나는 쓸모없는 인간이었다. 청춘이 아름답다고 말하는데 아름답지 않았다. 할 수 있는 일이라곤 없는 어두운 인생이었다. 하지만 길 위에서 나를 배웠다. 들리지 않는 세상은 때로는 낯설었지만 사람들의 표정이 길잡이가 되기도 했다. 그 침묵 속에서 나는 세상을 알았고 소리 없는 길 위에서 나는 '마음'으로 들었다.

50

<왕따로 얼룩진 인생

퀼트를 처음 배울 때는 바느질은 듣지 않아도 할 수 있다고 생각했다. 바늘과 천만 있으면 소리는 없어도 상관없다고 생각했다. 그렇지만 배우려면 수업을 들어야 한다. 이론을 가르쳐주는 시간이면 고개를 들어 경청해야 했다. 눈이 빠져라 봐야 겨우 이해할 수 있었다. 사람들은 손은 손대로 움직이고 귀로 들으면서, 하하 호호 웃기 바빴다. 그 모습을 바라보고 있자면 '내가 여기 왜 있는 거지?'라는 생각이 들었다. 대화에 끼어들어보지만, 함께하는 수업 중에 누구도 내게 말을 걸지 않았다. 나도 말 걸지 않았다. 학창 시절의 왕따보다 더 아픈 외로움이었다. 바느질 수업에서 나는 있어도 없는 사람이었다. 돌아오는 지하철에서 무언의 흐느낌이 있었지만 눈물은 흘리지 않았다.

배움의 끝이 보였다. 그러나 그건 끝이 아니라 또 다른 시작이었다. 세미나에 워크숍까지 수십 명이 모여 새로운 작품을 보여주면서 설명하고 질의 응답하는 자리가 많았다. 맨 앞자리를 일찌감치 점찍어 앉지만, 그저 지치고 힘들었다. 옆자리에 부탁해 필기를 빌렸다. 휴식 시간이나 점심시간에 나는 혼자였다. 대화를 시도해도, 무엇인가를 물어봐도 쓱 하고 훑어보는 게 전부였다. 가슴이 송곳이 찔린 듯 아팠다. 집으로 들어가는 지하철에서 가슴속에서 흘리는 피눈물이 흘렀다. 그저 좀 못 들을 뿐인데, 말을 못하는 것도 아닌데, 말귀를 못 알아듣는 것도 아닌데. 가슴속에서는 뜨거운 눈물이 흘렀다. "내가 나에게 미안해!" 가슴은 차갑게 아팠다.

퀼트를 배우면서 나 자신과 싸울 때 사람의 시선에서 비껴난 내 가슴은 늘 차가웠다. 시리고 아플 때 기댈 수 있었던 곳이 성당이었다. 매 주말 빠지지 않고 미사에 참석했다. 레지오 회원이 되어 열심히 성모송과 주기도문을 외웠다. 신부님께 고해성사를 핑계로 불평을 쏟아내 한풀이했다. 천주교 교리에 따라 봉사도 열심히 다니면서 외로움과도 싸웠다. 그 시절 뼛속까지 차오른 외로움은 감히 떠올리기조차 힘들다. 친구도 없고 못 들어서 괴로워하는 여자가 있을 뿐이다. 이런 나를 두고 소리 없이 우는 엄마의 모습을 보고 난 후 다시는 울지 않았다. 혼자 괴로워하고 울지언정 엄마 앞에서는 늘 미소 지었다.

10년이면 강산도 변한다고 했다. 그동안 나도 변했다. 작가들과 교류하고 전시회도 함께 했다. 꾸준함이 나를 변하게 하면서 마음도 단단해졌다. 외로움은 남아 있지만 크게 힘들지는 않다.

사람을 만나다 보면 오해도 생겨났다. 같은 단어, 같은 생각, 다른 뜻. 그러나 내 말은 말이 아니었다. 들리지 않는 나보다, 들리는 사람의 생각이 맞다고들 했다. 그 분위기, 그 표정을 보면 온몸이 불타는 듯했다. 소리 지르고 싶었지만 그렇게 한다 한들 무엇이 달라질까? 조용히 집으로 돌아온 나는 쓰러져 아침이 되어서야 일어났다. 그날은 기억에서 지워버리고 싶었다.

＜사회, 그 냉정함과 차가움

사회는 동물의 왕국처럼 먹고 먹히지는 않지만 냉정했다. 그 냉정함에 상처를 입고 동시에 깨우쳤다. 무른 두부 같던 속이 단단해졌다. 이웃은 따뜻해도, 사회에서 만난 사람들은 따뜻하지 않았다. 그들의 차가움이 나를 현실로 이끌어갔다. 말보다 표정으로 보여주는 냉정함에 가슴이 내려앉았다. 소리가 없다고 마음마저 없다고 여기는 사회의 냉정함 때문에 머리가 멍해지는 듯했다. 사라지고 싶다는 생각이 들었다. 사회는 들리지 않는 이를 향해서는 차가웠다. 하지만 나는 그 속에서도 사람을 배웠다. 어쩌면 그들도 나와 같은 생각이고 마음일 수 있겠다. 내가 도움을 바라듯 그들도 누군가에게 도움을 청할 것이다. 천재도 도움은 필요하니까.

그 차가움으로 사람을 경험했다. 집이라는 울타리에서 경험해보지 못한 감정을 사회에서 느꼈다. 조금 어눌하지만 못 알아들을 정도는 아닌데, 사람들은 들으려 하지 않았다. 길거리나 시장에서, 모르는 사람에게 말을 걸면 어느 나라에서 왔느냐고 묻는다. 이제 막 한국어를 배우는 외국인 같다면서 웃는다. 퀼트를 배우면서 매일은 아니지만 몇 년을 봐온 사람들도 따뜻할 거라 믿었지만 차가웠다. 그러나 소리가 닿지 않아도 마음은 닿을 거라 믿고 싶었다. 사람의 벽은 두껍고 두껍다. 사람의 차가움을 경험하면서도 나는 여전히 마음으로 듣고 있다.

나는 청각장애인도, 건청인도, 농인도, 어느 쪽에도 맞지 않았다. 지인이나 친구, 개인적으로의 만남은 편견 없이 만나고 대화하지만, 사회에서 만나면 같은 공간에 있어도 이방인이 된 느낌이다. 건청인의 말을 따라가지 못하고 농인의 수화를 따라가지 못한다. 말이 닿지 않으면 마음이 닿지 않는다. 서로의 다름을 이해하지 못하면 이방인이 될 수밖에 없다. 마음이 통하지 않으니 같은 공간에 있어도 서먹하고 불편하다. 함께 있어도 멀게 느껴진다. 나의 말은 못 알아듣겠다고, 또는 내가 이해 못 할 것이라고도 한다. 그렇게 나는 이방인이 된다.

청각장애인 시선으로 본
함께하는 사람들

⟨ 한 번만 질문하기

생각의 차이도 있을 수 있고, 바라보는 시선이 다를 수 있다. 나만의 생각이 아닌 그들의 생각도 있다. 모임에서 대화하다 나에 대해 이야기가 나오자 내게 이렇게 말한 사람이 있었다.

"쌤은 하나를 물어보고 또 물어보는 경향이 있어요!"

"제가요?"

속으로 생각했다. '그렇구나, 반복적으로 물어보는 걸 이상하게 생각하는구나.' 그래서 대답한다. "그랬구나. 몰랐네요!" 그 후 다시는 물어보는 일이 없었다. 더디더라도 혼자 답을 찾기로 한 것이다.

함께한다는 말은 쉽다. 하지만 마음은 늘 어렵다. 들리지 않아서 멀어진 게 아니라 마음이 닿지 않아서 멀어진다. 청각장애인의 시선에서는 '함께'란 듣는 것이 아니라 이해하는 것이다. 소리가 아니라 마음이 소통을 만드는 것이라는 것을 알았다. 소리의 부재가 아니라 마음의 부재가 갈라놓는다. 소통을 막는 건 귀가 아니라 마음이었다. 그들은 나와 마음을 나누고 싶을까? 물어보지는 않았다. 이 또한 혼자 견디며 살아가야 하는 운명이다.

엄마를 잃어버리고 어미 없이 자라는 새처럼 버둥거리며 혼자 날기 위해 매일 싸웠다. 인연을 만들기 위해 노력은 해봐도 잘되지 않았다. 수없이 많은 사람을 만났지만 한 사람도 친밀해지지 못했다. 사람은 많은데 또 사람이 없다. 물론 연락은 내가 먼저 한다. 급한 사람이 우물 판다고, 관계는 필요했다. 앉아만 있을 수 없어서 직접 찾아 나서서 정성을 쏟았다. 그래도 누구도 곁을 주지 않았다. 그들은 행복해 보였다. 나는 씁쓸하다. 그렇게 모여 그들은 웃지만 나는 그저 웃는 척만 했다. 슬프지만 한편으로는 편하기도 했다. 혼자가 편하다는 말은 변명이다. 어쨌든 오늘을 이겨내고 그저 높이 오르면 된다. 그렇게 되면 모든 것이 해결된다. 아픔은 오르기 위한 날갯짓이니까.

〈 비행을 시작하다

20대 초반에 또래 사람들은 대학에서 탐구하고 배우며 성장했다. 그들은 크고 위대해 보이기까지 했다. 대학이라는 저 문을 들어갔다 나오면, 그들의 눈앞에는 무엇이 펼쳐져 있을까? 혼자 상상하고 꿈을 꿨다. 그들의 앞날을 미지의 세계로 데려다줄 배움을 부러워했다. 민주화 운동도 배운 사람들만의 전유물인 줄 알았다. 자신의 몸을 불태우면서까지 열악한 곳에서 일하는 젊은 친구들의 인권을 부르짖던 전태일도 그 용기가 대단해 보였다. 그토록 원했던 대학생 친구가 있었으면 좋겠다던 전태일의 꿈, 그 간절한 마음은 죽어서야 이루어졌다. 대학의 울타리 안에서 독수리의 날개처럼 힘과 단단함을 갖추고 비행을 준비하는 또래들의 날개짓을 보면서, 나는 생존을 위해 나비의 날갯짓을 하고 있었다. 위태롭기까지 한, 바람이 불면 부러질 가벼운 날개가 그 바람을 맞받으며 날고 있었다. 그러나 내 날개도 날개다. 조금이라도 날자!

만들기만 하면 되는 퀼트라고 생각했지만, 온 정신을 집중해도 알아들을 수 없을 때가 많았다. 슬프지만 받아들여야 했다. 다른 사람은 들리니 이해도 빠르고 만드는 속도가 붙었다. 그런 사람을 따라잡기는 힘들다. 내가 왜 이걸 해야 하는지 모르겠으면서도 꾸역꾸역 참석했다. 오기다.

부족하지만 그래도 걷는다. 100미터를 걸어야 하는데 아직 1미터도 가지 못했다. 그래도 걸어가고 있었다. 남들은 100미터 가는데 그 뒤를 잰걸음으로 달려갔다.

＜ 괜찮아, 내가 응원할게

그만두고 싶을 때가 많았다. 사람도 만나기 싫었고, 멈추고 싶었고, 곁을 주지 않는 사람들에게 다가가려고 아쓰기보다 떠나고 싶었다. 그냥 혼자 지내고 싶었다. 비교조차 안 되는 조건에서 혼자 무엇을 한다는 건, 나 자신을 괴롭히는 일이었다. 그럼에도 멈추지 못했다. 견디면서 아파하고 울고 상처받은 시간이 아까워서 끝까지 가봐야겠다는 생각만 들었다. 다른 분야에서 일하는 지인들의 응원에 절망적인 마음을 다독인다. 왜 같은 것을 배우는 사람인데 이렇게 냉정할까? '뭘 할 줄 알아?' 하는 눈빛이 있다면 "할 수 있어요! 잘될 거예요!" 말해주는 따뜻함도 있다. 그것이 희망이었다. 모든 사람이 못 한다고 말했다면, 나는 도전을 멈추고 더는 사회를 상대하지 않았을 것이다. 우울하게 살아가고 있을 것이다.

눈으로 읽는 세상이 나이 들어보니 아름답다. 조용해서 좋고 성가시지 않아서 좋다. 젊어서 죽고 싶었는데, 늙어서는 알차게 살다 가고 싶어졌다. 아프지 않아서 다행이다. 내가 더 살아야 하는 이유는 나에게 못다 준 행복을 주고 싶어서다. 늘 다그치고 참으라고 했던 내 마음에 느긋함에서 오는 행복을 주고 싶어서다. 청각장애인으로서 혼자 살아가는 삶은 매일이 상처고 아픔이다. 삶은 밀어내도 여전히 내 곁에 머물러 지켜본다. 세상은 소리로 움직이지만 나는 눈으로 움직인다. 사람들은 목소리로 존재를 나타내지만, 나는 손으로 보여준다.

작아지기만 하는 나를 일으켜 세워 한 뼘 더 크게 만들고 싶다. 조용함이 외로웠지만 조용함은 울림이 되어 손을 움직이게 한다. 완벽하지 않아도 된다고 남아 있는 마음이 나에게 말하고 있다. 살아간다는 건 거창한 이유보다는 사라지지 않은 마음 하나를 지키고 보듬어주는 일인지도 모른다. 조용한 세상 속에서 그동안 받아왔던 상처를 치유하는 시간을 갖고 싶다. 소리는 잃었지만, 세상을 잃은 건 아니기에 고요함 속에서도 사람을 느끼고 사랑을 느낀다.

＜ 고립은 또 다른 길로 안내한다

바느질은 혼자 하는 것이다. 퀼트는 혼자도 하지만 함께한다. 만남이 있고 의견이 있고 모임이 있다. 의견과 대화 속에서 앞으로 나가야 하는데 그렇지 못한 내가 있다. 오랜 경험으로 아는 것이라도 아는 척은 하지 않는다. 모른다고 하면 정말 모른다고 생각하는 듯해서 나는 침묵한다.

한 사람의 작가로 받아들여 함께 가고 있다고 믿는 사람들에게 내 사정을 말할 이유도 없다. 불안과 사회적 고립은 내가 만드는 것이다. 모르는 것은 모른다고 하고 아는 것은 서로 소통할 수 있다. 소통의 단절은 청각의 문제가 아니라 정서적 사회적 불안이 이어지는 과정에서도 일어날 수 있다. 누구도 봐주지 않는 나 자신과의 싸움에서 이겨내야 했다.

장애가 오고 나서 남의 말에 휘둘려 흔들렸고, 두렵고 무서운 마음에 앞으로 나가지 못하고 있었다. 20대가 되어 집 밖으로 나가기 위해 용기를 냈다. 또래들의 자유와 배움이 보호막 울타리에 갇혀 사는 나를 일어서게 한 것이다. 부러웠고 아팠다. 부모님이 해주시기를 바라기보다 스스로 일어서기로 했다. 포기하지 않는 마음의 힘을 길러내는 것이 그때 내가 해야 할 일이라고 생각했다.

용기를 내고 나온 사회는 나와 맞지 않았다. 격동의 1980년대는 청각장애인을 위한 게 아무것도 없었다. 그저 흘러가는 대로 맡겼다. 몸이 힘든 것이 아니라 마음이 힘들었다. 글 속에서 배운 배움은 현실과는 달랐다. 내 자신을 믿을 수 없었지만, 멈추기도 싫었다. 혼돈의 인생, 그때 절실히 깨달았다. 소리 없음이 달리게 하기보다 하고 싶은 일마저 멈추게 하고 있다는 것을. 참 많이 슬펐다. 지금 이 시대에 태어났다면 좋았을 텐데, 너무 일찍 태어났다.

나약함은 나를 괴롭혔고 걸을 때마다 넘어지게 했다. 다시 일어날 힘은 없었다. 그 자리에 오랫동안 주저앉아 있었다. 시간이 지나고 다시 일어섰을 때, 다잡는 마음으로 다시 시작했다. 결혼 생활을 하면서 강해졌다. 부부끼리 매일 밤 대화하면서 아픔을 공유하고 인생을 이야기했다. 지겹도록 싫었던 그 대화가 지금의 내 인생에 빛이 되고 있다. 그 대화는 남겨질 아내를 위한 남편의 이야기였고 공부였다.

나약하기만 했던 나를 찾았고 다시 일어섰으며, 이기지 못하고 다시 주저앉을 것 같은 마음도 스스로 일으켜 세웠다. 들리지 않는 것은 가슴 아픈 일이지만, 이미 일어난 일이니 받아들이고 가기로 했던 나를 다독였다. "가자! 거기가 어디든 가보자!" 그렇게 가다 멈춰보니 퀼트 작가로 서 있었다. 결국 나는 나 자신을 믿었다. 긴 시간이었고 험한 길이었지만 결국에는 해냈다. 나약함은 나 자신을 흔들기는 했지만, 나는 무너지지 않았다.

나는 상위에서 활동하는 퀼트 작가다

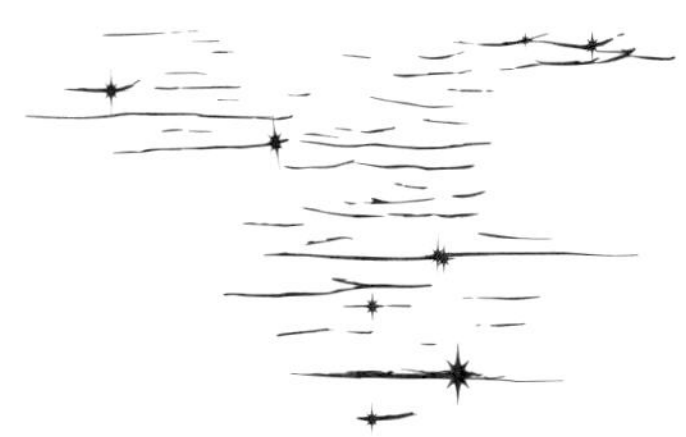

⟨ 나는 퀼트 작가다

사람 관계도, 작품도 나아지지 않아서 밤이면 이불 뒤집어쓰고 한숨지었다. 결국엔 우는 날도 많았다. 나는 왜 이럴까? 왜 이 모양일까? 나를 싫어하는 듯한 자리가 불편해서 자격지심이 차오르고 자존감마저 사라지고 있었다. 위로받고 싶지만 아무도 없었다. 누구인가의 손을 잡고 싶지만, 잡히는 것도 없었다. 그렇게 밤이 지나고 아침이 오면 언제 그랬냐는 듯이 또 하루를 시작했다. 거울은 보지 않았다. 얼굴이 못생겨져 내가 나를 외면한다.

나도 나를 외면하고 싶어해서 나한테 미안했다. 다른 사람들은 들리기 때문에 나보다는 수월할 것이다. 긴 시간 저만치 걸어가는 사람들의 뒷모습만 보며 묵묵히 견딘 끝에 이제 함께 걷고 있다. 오르지 못하고 함께하지 못할 것 같았던 곳에서 작가로서 함께한다. 홀로 이 자리에 선 나는 한국의 퀼트 작가다. 이 글을 쓰면서 눈물이 흐르는 것은 지나온 삶이 생각나서다.

퀼트 작품은 손으로 만드는 핸드퀼트, 재봉틀로 만드는 머신퀼트가 있는데, 나는 핸드퀼트 전문이다. 머신으로 만드는 작품이 멋있고 쉬워 보여서 오랫동안 배웠지만 결국 손으로 만드는 핸드퀼트로 돌아왔다. 머신퀼트를 배우기 위한 시간과 돈이 아깝지만, 배운 걸로도 충분하다. 전시회에 참여하고 사람들을 만나면서 가까워졌다. 국내뿐 아니라 해외 전시회에도 참가한다. 다른 작가와 달리 많이 늦은 행보지만 괜찮다. 멈추지 않았고 현재도 하고 있다는 것이 중요하니까. 상도 받았다. 도저히 할 수 없을 것 같았는데 결국은 해냈다. 대나무가 생각난다. 죽순은 긴 시간 땅속에 묻혀 있지만, 일단 나오면 쭉쭉 빠르게 성장한다. 내가 대나무였으면 좋겠다.

홀로 걸어간다는 것은 외롭고 표현할 수 없을 만큼 괴롭기도 하다. 외롭지만 멈추면 안 되는 길이었다. 아무 소리 없는 길 위에서 홀로 걸어가면 사람을 개척자로 만든다. 오래된 시집에서 이런 글을 읽은 기억이 있다. "외로움을 이기면 고독이 찾아온다." 외로움은 힘들게 하지만, 고독은 성장시킨다. 외로운 것이 나쁘지만은 않다. 홀로 생각하면서 성장하니까. 외로우면 결핍과 단절로 힘들지만, 고독함은 외로움을 이겨내고 진짜 나를 맞이하는 시간이다. 고독은 혼자여도 아무 생각 없이 평온하다. 회복하지 못했던 마음을 위로하는 시간이다.

건강하고 평화롭게 이 자리에 있을 수 있는 것은 천과 바늘이 있어서다. 마흔이 되어 혼자 된 딸에게 어려서 못 해준 미안함을 물질적으로 지원해주신 엄마의 사랑도 있었다. 도전하면서 눈물 흘리고 견디어낸 내가 있었다. 받쳐주거나 나누어지지 않는 짐을 혼자 어깨에 지고 왔다. 나 하나만 책임지면 된다고 하지만 무겁고 무거웠다. 사람들은 모두 행복해 보이는데 나는 행복하지 않았다. 내 인생도 힘들었고, 남편과 이별하면서 힘들었다. 나 자신과 싸우면서 홀로 살아온 20년이 넘는 시간은 나를 시험하는 시간이었다.

함께 하는 바느질이 즐겁다. 예전에는 수다에 끼기가 힘들었다. 고개 숙이고 바느질하면서 하는 대화는 생각조차 못 할 일이어서 바늘을 놓아버린다. 대화는 마주 봐야 하니까. 나도 대화에 끼기 위해 노력했지만, 어느 순간부터 체념했다. 그게 편했다. 요즘은 통역 앱이 있어서 편하게 대화한다. 고개 숙이고 하는 바느질하는 것이 이렇게 편할 줄이야.

사람과 사람 사이에서 벌어진 틈을 꿰매지 못한 채 살아왔다. 결국은 내가 꿰매야 하는 틈이지만 찢어지는 틈만큼 고개가 숙여졌다. 틈의 간격을 더는 벌어지지 않게 하기 위해 부단히 애써본다. 수많은 사람을 만나도 내 애절함은 누구의 눈에도 보이지 않았다. 하지만 나는 묵묵히 걸었다. 그 자리를 비집고 꿰매고 메우면서 바늘을 잡았다.

사람들에게 먼저 내민 손을 아프고 창피해서 접었다. 내민 손을 접을 때 마음도 함께 접혔다. 용기가 아니라 생존이었다. 집착이 아니라 일이었다. 손 내밀 때는 컸던 포부가 손을 접을 때마다 같이 접혀 작아졌다. 혼자 못할 일은 아니었지만, 작가로서 세상에 도전하려면 정보가 필요했고 교류가 필요했다. 나는 들리지 않았기 때문에 배려와 도움이 절실히 필요했다. 내 손에 붙어 있던 은빛 모래알을 등대 삼아 거친 파도를 헤쳐 드디어 나왔다. 풍랑에서 빠져나와 잔잔하다. 이제 혼자 작품을 만들고 바느질하고 주변 사람의 도움으로 해외로 나간다. 아픔은 아물지 않았지만, 그 아픔이 있었기 때문에 지금의 내가 있다. 늘 혼자였지만 외롭지는 않다. 바늘과 천, 글이 있는 지금이 행복하다.

⟨ 나를 부정하는 사람들

퀼트를 하면서 차가운 현실을 마주했다. 마흔이 되기 전에는 어디서도 느껴보지 못한 차가움이었다. 이유 없이 나를 깎아내리는 사람들은 나의 가능성을 보기보다 들리지 않는다는 이유로 내가 못할 거라 단정지었다. 타인의 판단이 나를 규정지었지만, 나도 나를 몰랐던 때라 그들의 판단을 부정하지 않았다. 나에 대한 확신은 내게도 없었으니까. 나를 부정하는 사람들을 만날 때마다, 나는 나를 붙잡는다. 내가 무얼 하든 이유 없이 나를 깎아내리는 사람들에게는 내 현실이 보이지 않기 때문이다.

내가 살아온 길을 알지 못하면서 답을 알고 있다는 듯 말하는 그들이 그은 선대로 나의 한계를 정해버렸다. 나를 부정하는 사람들은 보이는 내 모습이 전부였던 듯하다. 나를 부정하는 사람의 마음을 읽어보려고 하지만 대화가 없어 알지 못한다.

오해는 오해를 낳고, 이해는 이해를 만든다. 나는 연두부 같은 마음을 차돌이 되도록 단단하게 만들어야 했다. 나마저 부정하면 내가 설 곳이 없었다. 누가 나를 부정하든 나를 믿는 마음은 흔들리지 않았고, 노력한 결과 이 자리에 있다. 이유 없이 나를 깎아내리던 사람들을 뒤로하고 새로운 사람을 만나면서 새로운 내가 태어났다. 나는 타인이 아닌 내가 판단한다. 삶을 사랑하고, 태어난 것이 감사하다. 소리는 듣고 싶지만, 이제는 조용한 세상이 좋다. 내가 틀리지 않았다는 것을 오랜 시간이 지나고 나서야 알았다. 나를 부정했던 사람들도 내가 다르기보다 같길 바라지 않았을까.

＜ '나'와 '너'만 있다

내가 속할 곳을 만들고 싶었는데 그렇게 하지 못했다. 나 또한 어엿하게 활동하고 있는 퀼트 작가다. 예전처럼 외톨이는 아니다. 전시회를 함께하고 만남을 가지고 모임을 갖는다. 다만 내게는 '우리'보다 '나'와 '너'가 있을 뿐이다. 멀리서 바라본 '우리'는 부러움의 대상이기도 했지만, 나의 초라함도 함께 드러나 아픈 풍경이었다. 이 마음에서 빠져나오기 위해 부단히 애쓰던 나를 이제는 편하게 놓아주려고 한다. '나'와 '너'만으로도 행복하다.

오랜 노력의 결과가 피어나고 있다. 그래서 불러주고 함께하자고 말하는 사람이 있다. 인연은 만들어가는 것이다. 기다린다고 찾아주지 않으며, 찾아간다고 반겨주지 않는다. 그저 나를 표현하고 알릴 뿐이었다. 소수가 나를 응원하는 느낌이 드는 게 아주 없는 것보다 덜 슬프다.

내 마음에 상처는 남아 있지만, 사람들이 알아주지도 않고 알아주길 바라지도 않는다. 사람들은 외면한다고 생각하지 않기 때문에 내 몫이다. 현실의 냉정함과 감정의 단절은 명확히 드러난다. 어쩌면 나만의 생각일 수 있다. 그들은 그들만의 세상에서 보통 사람으로 살고 있으니까. 장애라는 특별함으로 인한 차이점을 그들은 인정하지 않을 뿐이다. 나도 더는 마음에 담아두지 않는다. 어쩌면 그들은 이렇게 말하지 않을까? "우리는 외면하지 않았어! 다가오지 않았기에 침묵했을 뿐이지."

어느 책에서 청각장애인은 스스로 장애인이라 생각하지 않고 그저 들리지 않을 뿐이라고 생각한다고 읽었다. 나를 되돌아보니 틀린 말도 아니었다. 후천적으로 들리지 않는 사람은 다 그렇게 생각하는 줄 알았는데, 아니었다. 보청기나 와우수술이 가능하다면 다른 얘기가 되겠지만, 나는 온전한 장애인이었다. 조금도 들리지 않으니까. 이상한 눈빛으로 보는 게 잘못은 아니었을 것이다. 내가 나를 인정하지 못해 느끼는 자격지심 같은 것이었을까? 나를 온전히 받아들이기로 했다. 타인을 이해하면서 나를 이해하기로 했다.

내가 봐도 타인이 봐도, 나는 장애인이다. 부정하지는 않지만 깊이 생각하지도 않았다. 보통 사회에서 보통 사람으로 살아왔을 뿐이다. 나를 받아들이니 타인의 행동도 이해됐다. 청각장애인으로서 타인에게도 나는 조심스러운 존재였다. 다가오는 방법을 몰랐을 것이었다. 어떻게 대해야 하는지도 몰랐을 테고, 들을 수 없으니 대화가 될까 싶었을 것이었다. 내 판단에서 내 생각만이 옳다고 했던 지난 시간, 나 또한 그들의 입장에 서봐야 했다. 미워할 것도, 싫어할 것도 없었다. 서로 다르다는 걸 몰랐을 뿐이다. 다름을 서로 이해한다면 멀어져 있던 거리가 한 뼘 더 가까워지지 않았을까?

⟨ 나는 이렇게 살아간다

나는 건청인의 사회에서 산다. 들리지 않았지만 그전과 다르지 않은 삶을 이어왔다. 공부와 일, 친구를 찾으면서도 행동하지 못했던 10대, 결혼의 굴레에 시간을 뺏겨버린 20대와 30대, 홀로 살면서 나 자신과 싸웠던 40대 그리고 50대, 그 모든 시간을 견디고 이겨내서 살아가고 있는 지금의 나는 60대다. 나이가 든다는 것이 싫었는데, 막상 60대가 되어보니 나쁘지만도 않다. 생각은 깊어지고 너그러움이 생겨나며 이해심과 배려가 살아난다.

농인과 청각장애인을 만나기보다 삶의 터전에서 건청인들과 더 많이 만난다. 예전엔 외로웠다면 현재의 나는 사람이 없어도 외롭지 않다. 지인을 만나 한 끼 식사와 차 한잔 마시는 일상이 행복하다.

책을 보고 글을 쓰고 바느질하면서 살아가는 지금이 나는 너무 좋다. 만나는 사람은 많지 않아도 어디든 갈 수 있고 원하는 것을 할 수 있다. 노년으로 접어들면서도 좋아하는 일할 수 있다는 것은 행운이다.

오롯이 혼자 견디며 나는 나를 이겨냈다. 타인과의 싸움은 결국 내

안의 싸움이었다. 혼자 견딘 끝에 나는 나를 이겨냈다. 나를 상대한 것은 타인이 아니라 나였다. 청각장애인이라는 한마디에 힘들어했다. 타인에게 난 스쳐 지나가는 존재일 뿐, 나를 힘들게 하는 것은 타인이 아니다. 타인을 탓하는 건 자신을 위로하려는 핑계였다. 너 때문에 내가 아프다는 핑계. 나를 받아들이니 타인이 이해되었다. 외로움이 지나가면서 찾아온 고독감 속에서 단단해지고, 세상과 부딪히며 단련되었다.

이제는 멀게만 느껴지던 작가들과 어깨를 나란히 하고 있다. 바늘과 천이 아니었다면, 내가 꾸준히 달려오지 않았다면, 그들과 마주 서지 못했을 것이다. 드디어 정상에 섰고 인정받았다. 우리는 서로를 알아보고 포용한다. 내 생에서는 만나지 못했을 사람들을 평범한 일상에서 만나고 있다. 그들도 나를 인정했다.

오래 버틴 시간의 답을 받았다. 마음은 날개를 달았고 행동은 더 조심스러워졌다. 대화는 차분해지고 성취감은 행복으로 다가왔다. 나는 사람이 간절히 그리웠던 적이 많았다. 도움을 받아야 했고 이야기를 들려줄 사람이 필요했다. 하지만 찾아가는 곳마다 외면받았다.

나를 극복했다. 느리지만 도착했다. 도착한 자리에서 만날 수 없을 것만 같던 사람들을 만났다. 첫 만남이 끝나고 집으로 들어온 날, 가만히 있었을 뿐인데 흘러내리던 눈물은 통곡으로 이어졌다. 엄마가, 매일 밤 대화로 나를 깨우치던 남편이 떠오른다.

'우리'가 자연스러워졌다. 차가움은 엷어지고 거리는 가까워졌으며 등만 보이던 사람들이 앞을 보여준다. 내 상처를 조금은 알아주는 사람들이 있고, 그에 더해 포용해준다. 들리지 않지만 대화가 되고, 모자람이 아니라 다르다는 걸 이해해준다. 다르지만 서로를 알아보고, 알아보면서 배려가 나왔다. 서로를 이해하고 배려하고 본질을 알게 하는 진정한 만남이었다.

퀼트 작가들과 가까워질 수 있을지, 예전에는 힘들다고 생각했다. 그러나 다름을 인정하고 마음을 열면, 평범한 관계가 되기도 한다.

엄마가 내게 하신 말씀이 떠오른다. 누군가를 싫어해야 할 이유야 없겠지만, 싫을 수는 있다고, 다 좋을 수만은 없다고.

⟨ 나는 거북이다

핸드퀼트의 모든 과정을 마치면서 전시회를 열게 되었다. 가슴이 뜨거워졌다. 민망함과 자책, 나에 대한 실망감, 그로 인한 아픔 때문이다. 몇 년을 하고는 다른 곳으로 눈길을 돌렸다.

새로움에 눈을 떠 신세계를 경험하고 싶었다. 조언자도, 조력자도 없다. 그야말로 딱딱한 맨땅에 맨손으로 땅파기였다. 함께 가보자는 사람도 없다. 쭈뼛거리며 겉돌다가 상을 타면서 사람과의 교류가 시작됐다. 기쁘지만 슬펐다. 개척자도 아닌데 길을 만드는 내가 가여워서다. 누군가와 같이 가면 쉬울 텐데, 그런 일은 일어나지 않았다. 오직 혼자서 가는 길, 그렇게 시작된 길이 뚫렸다. 늦었지만 도착했다. 거북이가 토끼를 이겼지만, 거북이인 내가 토끼를 이기지는 못했다. 다만 인내하고 견디면서 끝내 도착은 했다. 이제 혼자 간다. 사람이 그리웠고 사람과 함께 하기를 간절히 바랐는데, 지금은 혼자 간다.

인생은 마라톤이라고 했다. 나는 장거리를 뛴다. 길게 내다보고 빨리 갈 수 없는 것이 나의 인생이다. 모든 것이 늦다. 정보를 받아들이는 일도 늦다. 사람들은 계획이 있고 리스트를 만들어 생각한 대로 행동하지만, 나는 오늘만 살아간다. 주어진 페이스대로 가는 것이 아니라 해야 할 일을 먼저 한다. 끝까지 달릴 준비는 되어 있지만, 변수는 항상 도사리고 있다. 그래서 나는 속도보다 방향을 믿고 간다.

함께 가는 사람과 속도를 맞추기는 어렵다. 슬프지만 진실이다. 조금만 배려해주고 방향을 알려주는 사람이 있다면, 이야기가 달라지겠지만 말이다. 혼자 달리는 인생은 마라톤 같아서, 나만의 페이스대로 밀고 가야 한다. 그 길 위에서 엎어져 무릎이 깨져도, 손바닥이 쓸려도, 아픔을 딛고 나를 단련하며 긴 시간에 걸쳐 완성해야 하는 것이다. 잠시 쉬어 갈 때면 나만 뒤처지는 느낌에 초조해진다. 그럴 때면 마음의 소리가 들려왔다. "괜찮아!" 잠시 멈춰도 괜찮다고, 중요한 것은 다시 걷는 것이라고, 끝까지 포기하지 않는 사람만이 결승선을 본다고, 마음의 소리가 말해준다.

하지만 여기까지 오는 길은 혼자 한 것이 아니었다. 혼자 길을 걷고 있다고 믿었다. 그래서 외로웠고 힘들었다. 여기까지 올 수 있었던 건 누군가의 손이 있었기 때문이다. 울고 있는 내 앞에 푸들이 맑은 눈으로 바라보고 있었고 그 뒤에 앉아서 보고 있는 고양이가 있었다.

게다가 함께해준 사람들이 있었다. 모임에 적응 못 해 힘들어하던 내게 "괜찮아?"라며 물어봐주던 동료가 있었고, 어딘가에 전시회가 있다면 "함께 갈까요?" 묻는 선생님이 있었다. 푸념 섞인 말을 할 때면 "너만 그런 거 아니야. 다 그래!"라고 위로하는 친구가 있었다. 세상이 너무 조용해서 슬프다고 말할 때 "재래시장어 가봐! 사람 소리, 음악 소리, 차 소리까지, 얼마나 시끄러운 줄 알아? 머리가 깨질 거 같아. 소리 안 들리는 게 좋다고는 할 수 없지만, 그래도 조용해서 좋잖아?" 그럴 수도 있겠다고 끄덕인다.

나는 혼자가 아니었다. 나 혼자 이룬 성과가 아니었다. 고마운 것은 잊고 나쁜 것만 생각하는 내 머리가 모자랐다. 사람들이 보내는 위로의 메시지. 고마운 사람이 끝없이 생각난다 이제야 돌아보고 고마움을 기억한다. 나는 혼자가 아니었다. 많은 사람, 친구, 동료가 응원해주고 있었다.

소통 전문가 김창옥 강사가 강연에서, 홀로 서면 혼자가 아님을 알게 된다고 했다. 의지하는 습관에서 비롯된 나약함을 극복하려면 혼자 서는 연습이 필요하다. 홀로 서면 세상은 나를 혼자 두지 않음을 깨닫는다. 함께하는 의미를 더 깊이 알고, 진짜 나와 마주하게 된다. 동굴 속에서 어둠을 마주하기보다, 햇살을 밝은 곳으로 나와 길을 떠나면 나를 반겨주는 사람을 만날 수 있다. 긴 시간 힘겹게 달려온 나, 혼자의 삶도 괜찮다. 무르던 내가 단단해진 나를 만난다. 이 길에서 나의 의미를 찾고 싶다. 혼자여도 괜찮다. 외로움은 지나갔고, 혼자여도 충분히 빛나고 있으니까.

＜들리지 않아도 내 삶은 내 몫이었다

청각장애인이 된 순간부터 나의 삶은 오롯이 내 몫이었다. 내 삶은 스스로 책임져야 했다. 사람이 그리웠고 도움이 절실했을 때조차 나는 혼자였다. 성인이 된 순간부터 나는 나를 책임져야 했다. 부모님은 평범하게 나를 키우셨지만, 내게는 평범함이 쉽지 않은 문제였다. 청각장애인이 된 순간부터 세상은 달라졌고, 내 삶은 오롯이 내 손에 맡겨졌다. 괴롭고 아팠던 젊은 날을 보내고 나이가 든 지금도 책임져야 한다. 나를 세상에 맡겼지만, 세상은 나를 외면했다.

세상보다 나를 믿는 법을 배웠다. 절망 속에서 끝을 본 마음은 위로 받지 못했다. 그래도 달라진 세상 앞에서도 홀로 서야 했다. 나를 믿었고 걸어왔으며 그 끝에서 비로소 세상을 향해 감사한다.

완벽할 필요는 없다. 실수와 부족함도 배움이자 일부다. 실수할 때마다 내가 나에게 해주는 말이었다. 완벽하고 싶어도 완벽해질 수 없는 내 신체로 인해 실수와 오해와 느림을 반복해왔다. 괜찮다며 자기 최면을 수없이 걸었고, 완벽하지 않아도 된다고, 실수와 부족함도 성장의 일부라고 생각했다. 부족함 속에서도 배울 수 있다고 스스로 위로했다.

완벽을 목표로 삼지는 않았다. 배우는 과정에서 나를 찾을 뿐이다. 완벽은 존재하지 않는다. 실수하면서 성장해온 것이다. 내가 할 수 있는 능력 안에서 나를 보여주고 지킬 뿐이다.

‹ 없는 것이 더 많지만 지금에 감사한다

있는 것보다 없는 것이 더 많지만, 지금에 감사한다. 내 곁에 있는 것들, 나를 기억해주는 사람들 모두 소중하고 감사하다. 어느 책 제목처럼 지금 알고 있는 것을 그때도 알았더라면 내가 달라졌을까? 채워지지 않고 비어 있는 것들 속에서도 감사한다. 있는 것보다 없는 것이 더 많아도, 감사할 이유를 찾아서 나의 오만함을 지워버리려 노력한다. 많은 결핍이 있었던 날들도 괜찮다고 생각한다. 감사는 부족함에서 나오는 것이다. 없는 것이 많아도 감사할 이유는 많다. 마음이 찾지 않을 뿐이다. 마음을 헤아려주자. 따뜻하게 세상에 태어난 것만으로 사랑받아 마땅하니까.

누구의 도움도 없이 청각장애인으로 살아간다는 것은 허허벌판에 버려진 기분이다. 바람막 하나 없이 몰아치고 내리치는 비바람을 온전히 맞으며 걸어가는 듯하다. 차갑게 불어오는 비바람은 마음도 얼어붙게 한다. 그런 기분을 가슴에 안고 어떡해서든 그곳에서 벗어나려 발버둥 치다가 타인에 대한 존중도 배웠다. 진정한 존중은 나를 지키고 타인을 배려하는 일이다.

청각장애인은 배려가 필요한 장애이지만, 먹여주고 입혀주고 손잡고 걷게 해주는 것을 바라는 것이 아니다. 소리의 사각지대에서 망연자실 서 있을 때 정보의 세계로 이끌어주는 그런 배려다. 천재의 업적도 혼자 이룬 게 아니다. 그들도 조력자가 있었고 도움을 주는 사람이 있었기 때문에 세상에 자신의 이름을 남길 수 있었다. 혼자 모든 경험을 해본 나는, 늘 손길이 아쉬웠다. 하고 싶어도 못하는 그 슬픔은 들을 수 있는 사람들은 상상조차 못 할 경험이다.

마음을 표현하기가 쉽지 않다. 몸에 장애가 있어 불편하면 오히려 마음은 소리 지르지 못한다. 아파도 아프다 말 못 하고 울어도 소리내지 않고 안으로 삼키는 게 습관이 된다. 장애인은 감정을 억누르며 강한 척, 괜찮은 척한다. 마음을 들키고 싶지 않다. 표현은 용기고, 침묵은 감정의 방이다. 마음을 열었을 때 비로소 살아감을 느끼고 사람과의 관계가 이어진다.

나는 이제 침묵하지 않는다. 내 감정에 충실하고 마음을 읽는다. 이기적이지 못했던 내가 조금은 이기적으로 살겠다고 말한다. 타인에게 민폐나 불편함을 주는 이기심이 아니라 너무 참지 말라는 뜻이다. 감추고 참기에 바빠 숨조차 쉬지 못했던 마음은 표현함으로써 숨을 쉰다. 인생 황혼기에 접어들어 보니 나만큼 소중한 사람은 없었다. 나를 표현하고 사랑하자. 표현하지 않으면 아무도 모른다. 내 감정의 목소리를 듣고 삶에서 조금은 가벼워지자.

모든 것에 불만만 털어놓던 인생이지만 뒤돌아 생각해보니 좋은 일도 많았다. 늦게 간다고 힘들어하던 마음을 들여다보니 이제는 함께 하는 여유로움도 생겨났다. 늦음을 부정적으로만 봤지만 이제는 기다림을 받아들이고 부정적으로만 바라보지 않기로 한다. 여유로운 마음을 가진다. 삶의 속도가 다를 뿐 늦게 도착해도 함께한다는 사실이 중요하니까. 나는 지금, 함께하고 있다.

＜혼자 가는 길은 외롭다

통역도 도움도 없는 외로운 길이었다. 소리가 들리지 않는다는 것은 자신이 좋아하는 일을 할 수 없다는 말이기도 하다. 나는 좋아하는 일을 하고 산다. 하지만 여기까지 오는 과정은 결코 쉽지 않았다. 누군가 도와주기를 간절히 바란 적도 많았고, 영원히 들리지 않아도 괜찮으니 이론 수업만이라도 들렸으면 했다. 울음을 속으로만 삼키다가 한번 터지면 몇 시간이고 울었다. 힘들고 외로워서, 사람이 싫어서 세상이 떠나가라 울었던 적도 많았다.

텅 빈 성당 안 의자에 앉아서 "나는 언제까지 살아야 할까요?"라고 묻곤 했다. 죽음이 무섭지 않았다. 그렇게 나는 홀로 서는 법을 배웠다. 성장과 자립의 의미는 외로움 속에도 걸어가는 것이었다. 홀로였지만 잘 걸어왔다.

죽은 듯이 잠자는 것만이 치유가 됐다. 무엇을 해도 가슴은 차가웠다. 뾰족하고도 날카로운 얼음이 가슴을 찌르는 듯한 아픔은 거친 숨을 토해내게 한다. 미소는 세상 행복하다고 말하는 듯하지만 가면 뒤에 감춰진 마음은 죽음을 생각한다. 외로움도, 눈물도, 죽음도 어쩌지 못하는 현실에서 나는 잠을 잔다. 치유를 바라면서 죽은 듯이 깨어나지 않기를 바라기도 한다. 하지만 동이 뜨면 나는 깨어났다. 뿌연 회색빛 새벽 공기를 마시면서 다시 다짐한다. 살아보자.

잠은 고통을 치유하기도 하고 마음을 안정시키기도 했다. 절망하는 마음을 회복시켜준다. 외로움과 눈물이 깊게 쌓여 죽은 듯 잠을 자면 단절된 소리가 안정을 준다. 고요함 속에서 비로소 치유된다. 눈물은 죽음의 빛으로 번져오지만, 죽은 듯이 잠드는 순간 나를 치유해주었다. 치유된 마음을 안고 밝은 해를 향해 걸어가면서 내가 살아 있음을 느꼈다.

남을 따라가기보다 내 보폭에 맞춰가야 한다는 것을 알게 되었다. 비교하는 마음을 버리고 나를 인정했다. 들리지 않으니 앞서가지 못한다는 것, 그들은 하늘을 날지만 나는 땅을 걷는다. 마음의 여유를 가지니 비로소 보였다. 차원이 다른 것이 아니라 서로 가진 것이 다를 뿐이었다. 출발은 달랐지만, 이제는 나란히 걷고 있다. 늦게 도착해도 많이 늦지는 않았다. 내 방식대로 마음을 비우고 여유로 채우니 오히려 우뚝 서 있었다.

나를 받아들이는 시간은 참 오래 걸렸다. 비장애인의 세계에서 살아온 오만함도 있었고, 나 또한 '다름'을 인정하기보다 '같음'을 이야기했다. 들리지 않을 뿐 너와 나는 같다고 생각해왔다. '다름'과 '같음'을 구분하지 못했고 나를 수용하지 못한 오만함이었다. 이제는 안다. 나는 청각장애인이며 '같음'이 아니라 '다름'을 알아야 하는 사람이라는 것을,

비록 불편한 몸이지만 삶에서 희망을 찾는다. 외면을 경험하면서 존중도 알았다. 돌아오지 않는 대답을 기다리며 배려를 배웠다. 배려는 나만 받는 것이 아니었다. 나도 주는 것이 배려다. 들리지 않아 불편하지만, 그 안에서 희망을 본다. 두 손은 자유롭기에 삶이 생각처럼 슬프지 않을 때도 있다. 내 신체는 불편하지만 그럼에도 나는 살아가야 할 이유를 찾았다. 하나가 불편할 뿐 전부는 아니다. 불편하지 않은 것에서 희망

을 찾아 나서면 된다. 안 되는 것을 찾기보다 되는 것을 찾아간다. 몸은
불편해도 마음은 희망을 잃지 않고 있기 때문이다.

＜작은 것이 모여 큰 것이 되고

들리지 않기 때문에 수업도, 작품도 늦게 마무리한다. 도움을 청할
처지도 안 되고 물어보고 할 상황도 아니다. 모르면 모르는 대로, 알면
아는 대로 만든다. 이럴 때는 슬프다고 어리광 부리는 것도 사치다. 신
경을 모두 쏟아 마쳐야 할 일만 있을 뿐이니까. 작은 일은 생각하지 않는
다. 큰 것만 바라보고 한번에 끝내려는 욕심으로 시작한 작품은 망쳤다.
전시회는 불참하고 작품은 버린다. 작은 것을 무시한 대가로 시간과 돈
을 잃었다. 차라리 시작하지 말고 준비를 더한 다음 했다면 낫지 않았을
까 하는 뒤늦은 후회로 가슴이 쓰렸다. 천천히 해도 도착하게 된다는 것
을 배웠다. 서두른다고 빨리 가는 것도 아니다. 늦게 만든다고 나를 잃어
버리는 것도 아니다. 조급한 마음이 불러온 실수였다. 실수는 창피한 것
이 아니라 배워가는 과정에서 겪는 일이다. 뼈 아픈 작은 실수가 큰 변화
를 가져온다. 그 작은 걸음을 모아 먼 길을 떠나가보자.

3장

청각장애인의 눈물과 고통

청각장애인은 지식 성장이 어렵다

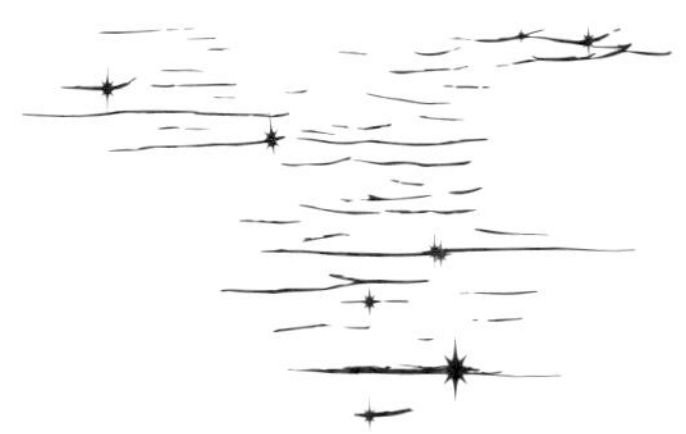

⟨ 청각장애와 지식의 성장

소리가 들린다면 공부하지 않아도 지식을 습득할 기회가 많다. 사람 많은 공간에 앉아만 있어도 저절로 들리기 때문이다. 소리를 듣지 못하는 청각장애인은 세상의 지식이 늦게 닿는다. 듣지 못하면 배움의 문이 느리게 열리기 때문에 청각장애인은 인내심이 필요하다. 듣는 경험이 제한된 환경에서 글을 읽고 이해한다는 것은 어려운 일이다. 언어장애는 기본으로 온다. 사고 정리와 표현의 어려움을 이기고 싶다면 보고 느끼고 부딪히면서 한 공간에만 머물지 않아야 한다.

언어는 말이다. 듣기와 말하기가 필요하다. 결국 듣지 못한 결과 언어 발달의 지연은 지식 성장에 걸림돌이 되어 비판적 사고나 성장을 멈추게 한다. 소리가 들리지 않으면 지식을 쌓는 길이 정돈되지 않은 등산길처럼 험하고 힘들다. 누군가 뒤에서 등을 받쳐주면 올라가기가 조금은 수월하다. 그러나 혼자 오르면 놓아버리고 포기하고 싶어진다. 정돈

되지 않은 길은 청각장애인을 시험에 들게 한다. 인내의 마음으로 견디면서 오르다 보면 산 아래 펼쳐진 장관을 경험할 수 있다. 막 떠오르는 일출을 볼 때의 뿌듯함은 고단함을 견딘 자에게만 선물하는 행복이다.

소리 대신 진동과 시각 신호로만 세상과 소통하는 청각 장애견은 잘 짖지 않는다고 한다. 듣는 경험이 제한되면, 상호작용 능력에도 영향이 가는 것이다. 언어 능력이 학습의 기초이기 때문에 듣지 못하면 어휘와 맥락을 파악하기가 힘들다. 언어 발달이 지연되면 수용 언어와 이해 능력의 발달이 느려지면서 표현하지 못하고 '사고'가 사라진다.

일상에서 우연히 듣는 정보는 한 사람의 인생을 구하진 못할지 몰라도 그 정보로 인해 많은 것을 할 수 있는 길이 생긴다.

비장애인은 크게 움직이지 않아도, 쉽게 정보를 얻을 수 있다. 마음만 먹으면눈을 감고도 소리로 많은 정보를 흡수한다. 들을 수 있는 축복 덕에 쉽게 배운다. 청각장애인은 말 가리개를 쓴 듯이 앞만 보아야 정보를 조금이나마 얻는다. 뒤에서 고급 정보가 들려와도 알 수 없다. 여러 명이 앉아서 수다를 떨어도 수어가 아니라면 그림의 떡이다. 떠 먹여줘도 알 수 없는 조용한 세상에서 평화롭지만 아프게 살고 있다는 표현이 웃기면서도 슬프게 맞아떨어진다.

＜ 청각장애인의 생각

청각장애인은 어떤 생각을 하고 살까? 건청인들과 만나면서 가지는 생각은? 농인이나 같은 청각장애인과의 만남은? 만나면 어떤 대화를 할까? 어떤 즐거움이 있을까? 장애인과 건청인은 생각이 다르고 마음마저 다르다. 또한 젊었을 때와 나이 들었을 때가 다르다.

건청인과의 관계에서는 눈치부터 본다. 친해도, 친하지 않아도 그렇다. 아주 친하면 괜찮지만 그렇지 않을 때는 항상 조심하며 만난다. 내 말이 이상하지 않을까? 내 말을 들어줄까? 나에 대해 어떻게 생각하는 걸까? 끊임없이 나오는 질문이다. 열등감은 없지만 자격지심은 있다. 자격지심은 청각장애 때문이다. 먼저 다가가 말을 걸어 대화를 이어가려고 해도 상대는 그럴 마음이 없어 보일 때가 있다. 내가 제일 많이 듣는 대답은 '모른다'다. 그러면 어느 순간부터 더는 말하지 않게 된다. 모두 그렇지는 않지만, 사람은 좋은 것보다 나쁜 것을 더 오래 기억하기에 건청인과 청각장애인의 만남은 상처가 많이 남는다.

청각장애인과는 수어도 같이 쓰며 대화한다. 배운 수어가 정확하지 않아도 괜찮고 느려도 괜찮다. 구어를 하기 때문에 구어로 대화하면서 안 되는 부분은 수어도 같이하면 어려움은 없다. 또한 재미있다. 대화에 끼어드는 사람도 없다. 한 사람의 이야기가 끝날 때까지 맞장구치면서 들어준다. 서로 같은 처지에서 나오는 편안함 덕에 즐거운 기분으로 빠르게 지나가는 시간을 느끼면서 아쉬워한다. 습관처럼 구어로 대화는 하지만 소리는 들리지 않기에 스치듯 지나가는 손동작의 수어로 알아듣는다. 말과 수어가 일치하지 않아도 빠른 눈치로 무엇을 이야기하는지 알게 된다. 받아들이는 정보도 많아서 건청인과 다를 바 없는 만남이다.

농인들과의 대화는 수어로만 소통한다. 내가 건청인들과의 대화에서 집중하듯 농인과의 대화에서도 집중해야 된다. 수어는 많이 빠르고 수어만의 고유 언어가 있다. 수어의 특성상 영어처럼 반말의 대화다. 짧게 이어지는 단어를 간추려 하는 대화는 집중하지 않으면 알아들을 수 없고 미처 알아듣기도 전에 정신없이 지나간다. 하지만 농인과 농인의 대화는 자연스럽다. 그들도 내 수어를 이해하지 못한다. 우선 느리다. 글로 배운 수어는 많이 부족했다. 그들도 삶에서 이어온 자신들의 언어를 사용하고 있기 때문에 표준수어를 잘 모를 때가 있다.

＜ 내 삶의 충만함

차갑고 냉정한 비장애인 세계에서 일하고 있는 내가 신기할 때가 있다. 차갑지만 따뜻함도 없다. 냉정하지만 호의도 없다. 그러나 시간이 지나 알게 됐다. 청각장애인이니 나를 따뜻하게 대해줘야 한다는 건 말도 안 되는 착각이라는 사실이다. 사람들이 나를 도와줘야 한다고 생각하는 건 어불성설이다. 소리를 듣지 못하는 사람에게 어떻게 대해야 할지 그들도 몰랐던 것이 아니었을까? 청각장애인이 섭섭한 마음이 들었다면 혼자 상처받은 것이다.

그저 그들과 마찬가지 생각과 행동으로 내 삶을 살아가면 된다는 것을 긴 세월 살고 난 후에야 깨닫는다. 젊은 날엔 부럽기만 했던 그들의 명예, 지위, 재산이었지만, 인생을 살고 바라보니 중요해 보이지 않았다.

젊은 날엔 잡고 살았던 것들이 이제는 중요하지 않다. 청각장애인이라 가진 것 없고 아는 것 없으니 스스로를 보호의 대상이라고 단정짓지 말아야 한다. 결국 꾸준히 자신의 삶을 살며 이루고자 하는 꿈을 향해 걸어간다면 미래에는 결국 사람들에게 기억되는 사람이 될 것이다. 성인이 되어 들리지 않게 된 사람은 자신을 부정한다. '나는 장애인이 아니다. 소리가 들리지 않을 뿐이다.' 보청기 없으면 소리가 잘 들리지 않는 사람은 보청기를 빼면 청각장애인일까, 건청인일까? 난시가 안경을 끼듯 난청도 보청기를 끼면 불편하지 않다. 그렇게 평범한 일상을 살아가는 사람은 많다. 그러나 온전히 들리지 않게 된다면 삶은 불편하고 괴로워진다.

친동생이 귀를 막고 소리가 없으면 어떤지 체험했다고 한다. 어땠는지 묻자, 답답해 미치는 줄 알았단다. 그렇게는 못살 것 같다고, 누나가 힘들었겠다고 했다. 사람은 닥쳐온 그 어떤 상황에서도 적응을 잘한다. 그 상황이 최악이어도 적응해 나간다. 그러므로 주저앉아 있을 시간에 자신을 일으켜 세우면 그것이 첫걸음이자 시작이 될 것이다.

〈 나의 작은 목표

나는 책을 많이 읽는다. 살면서 실기가 아니라 이론으로 배운 게 많다. 그러다 보니 실수도 많았고 얼굴 뜨거워지는 날도 많았다. 들리지 않아서 그랬다는 핑계를 대고 마음을 가라앉혔다.

이제 국내보다 해외로 나가기 위해 작품을 시작하고 있다. 그리고 건강을 챙긴다. 80세가 되어서도 바느질할 수 있기를 기대하면서 목표를 위해 준비한다. 들리지 않는 데 익숙해졌고 말은 점점 못한다. 새로운 도전을 통해 열심히 살다 갔다는 마지막 점을 찍고 싶다.

사람과 맺은 관계에서 오해와 이해가 공존하는 청각장애인의 삶은 결코 쉬운 길은 아니었다. 결과가 쌓이지 않아 홀로 울었던 시간은 나를 성숙하게 만들기보다 좌절하고 포기하게 만들었다. 지난밤의 괴로움은 아침에 일어날 때 기억에서 지운다. 그렇게 하지 않으면 오늘 하루를 이겨내지 못해서다.

살아남기 힘든 자리에서 나는 살아남았다. 청각장애인으로 퀼트 작가가 된다는 것은 토해내는 울음이 없었다면 이루지 못할 꿈이다. 가끔은 무식해서 용감했다고 생각한다. 나는 똑똑해서가 아니라 무식해서 여기까지 왔다. 걸어서 가는 길에 일어날 일을 미리 알았더라면 하지 못했을 텐데 몰라서 걸어왔던 것이다. 소리와 싸우고 나 자신과 싸우고 그만두고 싶어 하는 마음과도 싸웠다. 자존감 하나로 살아났다.

외로움은 익어서 고독을 즐길 줄 아는 인생이 되었고, 사람 찾아다니던 내가 혼자이기를 원한다. 마음이 꽉 차면 더는 힘들어하지 않는다는 것을 깨달았다. 나는 한국에서 활동하는 퀼트 작가로 성공한 삶으로 만들었다. 긴 터널을 빠져나와 눈부시게 아름다운 세계를 보고 있다.

청각장애인이 아닌 농인의 생활은 평화로워 보인다. 그들은 불편한 상황을 신경 쓰지 않는다. 나쁜 일에는 흥분하고, 좋은 일에는 크게 웃는다. 삶의 즐거움을 아는 듯하다. 그런데 청각장애인은 생각이 깊으면 힘들다.

내가 살아가는 길을 찾고, 나의 좋은 점은 무엇일까 생각해봤다. 나를 만나는 사람은 한결같이 나와 대화하는 것이 좋다고 말한다, 나는 대화하려면 상대의 얼굴을 마주 봐야 하고 온 에너지를 다해 상대의 말을 경청해야 비로소 대화가 이어지기 때문에 집중해줘서 좋다고 말한다. 상대에게는 내 대화 방식이 배려로 보이는 모양이다. 나쁘지 않았다. 나를 모르는 사람은 거리는 두지만 나를 아는 사람은 보통 사람처럼 만나고 헤어진다. 수많은 시선에서 상처받기보다 한 사람의 시선과 대화로 행복을 찾는다면 그렇게 나쁘지만은 않다는 생각이었다. 필요로 하지는 않지만 만나면 편하고 좋은 사람 그런 사람으로 남고 싶다.

들리지 않는 사람은 정보가 늦게 전달되는 관계로 답이 늦다. 이런 모습에서 어디가 부족해 보이는 것은 어쩌면 당연할 수 있었다. 그러나 답이 늦을 뿐, 지식과 생각은 모자라지 않는다. 내가 잘하는 것을 찾아본다. 종이에 쓴 질문에는 답할 수 있지만, 소리로 하는 질문에는 어느 것 하나 답하지 못한다. 소리가 아닌 것에서 내가 잘하는 것은 손으로 만들고 두뇌를 사용하는 것이다. 소리가 들리지 않음에도 책을 보고 글을 쓴다. 우울감을 이겨내고 끊임없이 나를 괴롭히던 고립감의 굴레에서 나를 지키는 것이 내가 가장 잘하는 일이다.

의미 없이 시작했던 퀼트가 나를 이 자리까지 올라올 수 있게 했던 것은 좋아하고 즐겨서다. 하루에 하나를 만들든 한 달에 하나를 만들든 명확하고 가능성 있는 일을 해왔다. 흐릿한 목표는 마음이 흔들리게도 한다. 눈에 띄지 않는 작은 목표들을 조금씩 실천하다 큰 목표가 생겼고, 작가까지 됐다. 그렇지 않았다면 청각장애라는 짐을 지고 할 수 없는 일이었다. 시간이 얼마가 흐르든 좋아하는 일은 지루할 틈이 없다.

작은 목표에 경험이 쌓이니 하루가 즐겁고 재미있었다. 이 순간에도 무엇이 되겠다는 생각은 없다. 하나가 끝나면 또 다른 것을 배워서 큰 바위가 되어 내 자리에 우뚝 서 있다. 완벽하게 하지 않아도 됐다. 완벽하게 만들 정도로 능력 있지 않았다. 꾸준하게 멈추지 않고 걸어왔을 뿐이었다. 퀼트가 싫어서가 아니라 회의가 들어 멈추고 싶을 때도 있었다. 끈기와 꾸준함, 즐기는 마음은 목표를 향하는 마음을 잠재울 수 없다. 작은 것을 시작으로 한 나의 목표는 끝내 달성했다.

혼자 있을 때가 더 많을 때 생각이 많아진다. 그럴 때는 손으로 찍는 문자가 아니라 전화가 하고 싶어진다. 누군가에게 전화를 걸어 이야기하고 싶다. 안녕! 잘 지내? 수화기 넘어오는 네 목소리가 참 반갑다.

장애 특성상 소리에서 고립감이 느껴질 때 마음이 공허해진다. 눈으로 읽고 감상하는 것보다 눈감고 백색소음을 들으며 잠들고 싶다. 자장가처럼 들려올 주위의 소리가 어떤지 알고 싶어진다.

하루 일과 끝내고 잠들기 전, 천장을 보고 누워 있으면 하루의 일이

스쳐 간다. 전시장에서의 나는 예전에 비하면 눈치 보지 않고 내 할 일을 찾아 분주히 움직인다. 그러면 다가오는 사람들도 나의 존재를 인정한다. 오르고 올라선 자리에서 투명망토는 벗겨진다. 내가 벗은 것이 아니었다. 그들의 눈에 조금씩 보이는 것이다. 존재를 인정해주는 사람들과 함께 걸으며 마음에 담겨 있던 무거움이 사라진다. "신분은 태어난 곳에서 정해지고 운명은 내가 만든다." 나는 내 운명을 만들었다. 좋은 사람들과 어울리며 남은 생을 즐기며 살고 있다.

＜청각장애인을 응원한다

자신의 삶을 고민하고 괴로워하면서도 죽지 않는 한은 살아가야 하는 인생이다. 청각장애인은 후천적인 장애라서 소리에 민감하고 언어와 인간관계에 예민하다. 대화와 소통에서 오는 좌절감은 살아가는 것이 사치처럼 느껴진다. 사라지면 그만인 아픔이고 인생인데 무슨 미련인지 아등바등 살아가고자 애쓴다. 누가 조금은 도와줬으면 좋겠는데 자존심만 세고 용기는 없다.

청각장애인 한 사람을 위해 가족이나 친구, 지인이 나서주지 않으면 홀로 살아가는 그 시간이 비참하기까지 하다. 하늘을 봐도 푸르지 않고 바다를 봐도 시원하지 않다. 늘 생각에 잠겨 사는 삶의 색깔은 희미하고 어둡다. 하고 싶은 일이 있지만 소통이 필요한 일이라면 혼자 못한다. 그로 인해 자괴감을 느끼면 내 처지만 부끄러울 뿐이다. 누군가가 이런 말을 했다. "천재는 스스로 밝히는 것이 아니라 잠재력을 알아본 사람이 받쳐줘 빛나는 것이다." 청각장애인이 천재는 아니지만 이들도 잠재력을 알아봐주는 사람이 있다면 천재 못지않게 빛날 수 있다.

소리는 들리지 않지만, 꾸준히 주어진 삶과 일을 한다면 그 가치를 알아보는 사람은 나타난다. 기성세대와 달리 함께 사는 시대인 만큼 자신을 보여준다면, 삶이 각박하지만은 않겠다. 도와주기를 바라면서 기다리는 것보다 먼저 나서서 행동하면, 잠재력을 알아보고 도와주는 손길은 나타난다. 늘 등만 보여주던 사람들이 앞을 보여주고 있다. 내가 청각장애여서 등을 보이는 것이 아니라는 것을 나도 이제야 깨닫는다. 그들도 기준이 있고 선택의 자유가 있다. 동등한 입장에서 서로를 바라본 시선은 무시와 회피의 시선이 아니라 동료애의 따뜻한 시선이었다.

청각장애인, 농인에게 해주고 싶은 말이 있다. 건청인들은 장애인들에게 관심도 없고 신경 쓰지도 않는다. 그러니 작은 일에 상처받지 않았으면 한다. 호기심을 보인다면, 수화하는 모습이 신기하거나 궁금해서다. 엄청 유명하거나 천재적으로 무엇을 보여주는 것이 아니라면 바라보지 않는다. 함께 일하는 상황에서도 자신들의 일을 할 뿐이다. 눈에 보이는 것이 전부가 아니기에, 보이는 것으로 모든 것을 단정짓지 말자.

〈 장애는 걸림돌이 아니다

도서관, 지하철, 버스, 공원, 관공서, 학교, 병원, 공연장, 식당 등은 개인 공간이 아니다. 모두가 함께 이용하고 규칙을 지켜야 하는 공공의 공간이다. 내가 못 든는다고 해서 비껴갈 곳도 아니다. 살아가다 보면 한 번쯤은 들려야 하는 곳이다. 혼자 집에서 끙끙거리고 고민하고 좌절할 시간에 집 밖으로 나서는 것이 몸과 정신 건강에도 좋다. 나는 못 한다고 동굴로 숨어버리면 영원히 빛은 나를 비껴간다.

공공의 장소에 서 있는 나는 사회의 거울이기도 하다. 내 태도와 사람들의 태도를 같이 볼 수 있다. 활기차고 행복해 보이는 남들의 모습을 부러워하지는 말자. 그들도 나름대로 고민이 있기 때문이다. 타인을 통해 나를 보게도 되는 것이 공공의 자리다. 많은 곳을 돌아다녔고 수많은 사람과 만나왔지만 내 노력이 부족했는지 인연은 많지 않았다. 다만 한 번 맺은 인연은 오래간다. 어두운 동굴에서 우울하게 지내는 삶은 도움이 되지 않는다.

밝음은 용기가 필요하지만, 어둠은 생각의 늪에 빠지게 놔두면 그냥 찾아온다. 어둠 속에도 희망은 있다. 단지 어두워서 보이지 않을 뿐이다. 보이지 않는 것을 보이게 만드는 것이 밝음이다. 희망은 삶 안에 있지만 행동으로 보여줘야 나를 따라온다. '장애'는 움직이기 싫다는 핑계다. 요즘은 불편하긴 하지만, 그렇지 않은 면도 많다. 희망은 밝은 곳에서만 피는 꽃이 아니라 어둠에서 자라는 뿌리 같은 존재다. 어둠에서 뿌리를 내리려 노력하고 기다린 후 밝은 세상에 나왔을 때 아름다운 꽃으로 피어날 것이다. 나는 나의 꽃을 피웠다. 내면에서 나오는 향기를 사람들은 알아봐주고 있다.

청각장애인은 깊이 생각할
마음의 여유가 없다

‹ 소리의 부재는 생각을 가다듬을 여유를 앗아간다

청각장애인이 생각의 깊이를 가다듬을 여유가 없는 것은 내면이 정리되지 않아서다. 소리의 부재는 들리지 않는 것을 넘어서 사람을 불안정하게 만든다. 외부와의 단절이 깊이 있는 생각을 방해하기 때문이다. 소리를 들을 수 없다는 것은 비장애인이 못 듣는 것과는 차원이 다르다. 청각장애인의 경우에는 침묵이 생각을 방해한다. 세상과의 연결이 끊기고 생각조차 하지 못하게 된다.

모든 청각장애인이 그렇다는 말은 아니다. 후천적인 장애로 들리지 않는 사람마다 조건이 다르기 때문이다. 건청인과 다를 것 없는 청각장애인도 있다. 그저 들리지 않을 뿐이다. 나이 들어 노화로 오는 청각 상실은 설명하기 어렵다. 청각장애인일까, 건청인일까? 소리만을 듣는 감각이 아닌 청각의 상실은 사회와의 연결 정보를 차단한다. 청각 상실은 소리의 부재만이 아니라는 말이다.

청각을 상실하면 사회와 세상 정보로부터 고립된다. 소리를 잃는다는 것은 감각 하나를 잃는 것이다. 세상의 통로가 닫히기 때문이다. 귀가 닫히는 것이 아니라, 마음이 닫힌다. 청각은 인간관계와 사회적 소통의 핵심이다. 건청인이라면 사회에서 일할 때 소리의 중요성을 실감하고 경험할 것이다. 그러므로 사회와의 연결이 차단되므로 청각장애인은 마음의 문을 닫아건다. 그래서 세상 밖으로 나오지 않는 사람도 많다. 나는 모험했고, 자기 성찰과 배움으로 이 자리에 서 있다. 그러나 그렇지 못한 사람을 생각하면 같은 장애를 가진 사람으로서 안타깝다.

선천적 장애거나 유아기 때 장애가 온 사람은 후천적 장애를 가지고 사는 사람과는 다르다. 소리를 아예 경험하지 못했기 때문에 인지적, 사고적 성장 면에서 많은 영향을 받는다. 농인 외의 사람들과 소통이 단절되는 것은 물론 언어와 문장 이해력도 성장하지 못한다. 그래서 언어를 모르는 상태에서 수어를 하지 않고 문자로 의사소통하면 문장의 이해도가 낮아 소통이 이어지지 않을 때가 있다. 사고 확장의 깊이가 없어서 눈앞에 보이는 사물과 자신의 생각에 국한되어 대화하기를 원한다. 소통 단절과 접근성의 어려움이 생기면, 사고 확장이나 깊이가 자라지 못한다.

그래서 타인의 감정이나 분위기를 파악하지 못한다. 자기 성찰이나 사고의 기회가 줄어든다. 지금 어떤 일이 있었기에 저런 표정을 지을지, 대화의 흐름을 읽기 위해 살펴봐야 한다. 그런데 청각장애인은 사람들의 시선을 살펴도 알 수 없다. 눈의 깜박임과 웃는 타이밍을 관찰하면서 공감하고 이해하려 하지만 잘되지 않는다. 뒤늦게 분위기를 파악하지만 이미 타이밍이 지나버린 상태다.

청각장애인은 조금 더디게 간다고 했지만, 그것은 지식과 정보에 적용되는 말이지 그 외의 일에는 해당되지 않는다. 타인의 감정이나 분위기 파악이 되지 않고 사고와 자기 성찰의 기회가 생겨나지 않는다. 그래서 공감과 이해가 잘되지 않는 편이다. 소통이 어려워지면 소외감을 느끼고 심리적으로 긴장한 상태에서 내면을 돌아보지 못한다.

한창 퀼트를 배울 때 네 명 이하로 모일 때는 소통이 됐다. 하지만 그보다 큰 모임에서는 소통이 잘되지 않았다. 많은 세미나와 워크숍을 하면서 느낀 소외감은 지금 생각해도 몸서리쳐진다. 조금의 배려나 도움도 없는 상황에서 해결책을 제시해도 받아들여지지 않았다. 소통과 소외감은 내가 감당할 문제이지만 배울 때에도 똑같은 상황이 발생했다. 그 황당함은 어떻게 설명되지 않았다. 장애와 비장애를 가르는 듯한 느낌을 받지 않을 수 없었다. 심리적으로 위축되고 긴장은 고도에 달했다. 그래서 올바른 판단을 내릴 수 없었고, 나의 내면을 들여다볼 수 있는 마음의 여유조차 없었다. 사색 대신 생존적 사고가 앞섰다.

한국어만 할 줄 아는데 통역 앱 없이 외국에 여행을 간다면 소통이 되지 않을 것이다. 그럴 땐 답답하고 불편해서 손짓, 발짓이라도 해가며 전달하려 하지만 이해보다 오해가 많을 것이다. 생존은 위협받고 걱정만 쌓일 것이다. 한국에서 태어난 한국인이지만 들리지 않아 내가 어떻게 비칠까 고민한다. 농인은 통역이 없으면 일상생활을 하는 것이 불편하고 어렵다. 아무것도 할 수 없다.

건청인과 농인의 그 중간 어디에 서 있는 나, 어느 곳도 소속되지 못한 나를 경계선 인간이라고 생각한다. 건청인들과 함께하면 모지리가 되고, 농인들과 함께할 때면 이방인이 된다. 보이지도, 그어져 있지도 않아서 오히려 넘을 수 없는 '선' 앞에 서 있다. 말은 알아들을 수 없고, 수어는 너무 빠르다. 그 순간 마음에서 피어오르는 슬픔은 어쩔 수 없는 숙명이었다.

소통의 장벽 앞에서 할 수 있는 일은 없다. 그들이 나를 배려하지 않기에, 인내라는 이름으로 견디고 사랑이라는 이름으로 배려한다. 말이 닿지 않을 때는 마음이 닿는 법을 배운다. 이유도 모른 채 활짝 웃으면 바보 같다. 내 말이 옳아도. 내 말이 정답이어도 침묵한다. 들리는 사람들에게는 그의 말이 정답이고, 들리지 않는 사람에게는 오만으로 보인다. 소리가 막혀도 대화가 이어지지 않아도 마음으로 기다리는 법을 배운다. 말이 통하지 않을 때 침묵으로 진짜 이해를 배운다. 떠들고 해명하려고 해봐야 다치는 것은 내 마음이다.

‹ 청각장애인과 농인과의 대화

들리지 않는 것은 같지만, 문화와 생활은 다르다. 농인은 말을 배우기도 전부터 들리지 않아서 언어와 문자의 이해도가 떨어진다. 반면에 청각장애인은 소리를 알고 언어와 글을 깨친 상태에서 장애인이 되었기 때문에, 구체적인 표현이 가능하다. 건청인들과 함께 살아왔고 장애가 오기 전부터 그렇게 생활해서, 청각장애인이 되어서도 그대로 살고 있다. 농인은 그들만의 문화가 형성돼 있어 건청인들과 왕래하기보다는 그들끼리 대화한다.

청각장애인과 농인은 못 듣는다는 공통점이 있지만, 서로 문화가 다르다. 대화의 깊이도 다르지만 그 차이를 존중해야 한다. 청각장애인과 농인은 오래 만난 사이가 아니라면 대화하기 위해 시간이 필요하다. 수어를 배워야 소통할 수 있기 때문이다. 들리지 않게 되었다고 해서 누구나 수어를 배우지는 않는다. 다만 수어를 배우지 않으면 청각장애인과 농인의 대화는 단절될 수밖에 없다.

청각장애인과 건청인은 서로 다름을 인정하고 대화를 시작해야 한다. 그렇지 않으면 오해를 불러올 수 있다. 나는 말을 많이 하지 않는 성격이어서 오해를 사지 않았지만 "저번에 말했는데 자주 물어보네요?"라는 말을 듣곤 한다. 그러면 더는 묻거나 하지 않았다. 시간이 흐르면 자연히 알지만, 처음엔 다름을 몰라서 비롯된 오해였다.

이렇게 서로 다른 사람끼리는 마음의 언어로 대화해야 한다. 청각장애인과 건청인은 마음을 찾아가는 과정이 필요하다. 말이 닿지 않아도 진심이 닿을 수 있도록 해야 한다. 중요한 것은 서로 이해하려는 마음이다. 기다림과 배려다. 말은 들리지 않아도 마음은 들린다. 단어가 다소 엇나가도 마음으로 듣는다면 눈빛만으로도 대화가 된다. 나는 준비되어 있고 대화할 마음도 있지만, 상대가 그렇지 않을 때가 있다. 그럴 땐 상처받을 필요가 없다. 사람은 똑같을 수 없기 때문에 자신의 마음만 보여주면 된다.

농인은 수어를 못하는 건청인이나 청각장애인을 불편해한다. 수어만 할 수 있는데 말로 하는 만남은 불편할 수밖에 없다. 수어를 배웠거나 수어통역사가 아니라면, 건청인 또한 농인이나 청각장애인이 불편할 수 있다. 안 들려서 대화를 이어가지 못할 것 같다고 생각하는 건청인이나, 수어를 하지 못하는 건청인을 받아들이지 못하는 농인은 상대를 이해하고 배려하지 못하는 셈이다. 건청인과의 대화는 그 흐름을 따르고 농인과의 대화는 이해를 중심으로 대화한다. 대화가 주제를 벗어나도 괜찮다. 서로 다름을 이해할 때 대화는 가까워지고 즐거워질 것이다.

청각장애인과 농인의 차이

〈 같지만 다르다

청각장애인과 농인은 정체성, 마음가짐, 생활방식, 사회활동이 다르다. 청각장애인은 의학적 관점에서 '청력'이 손실된 사람을 의미한다. 반면에 농인은 말을 배우기도 전부터 들리지 않는다. 그들은 수어를 언어로 사용하는 문화와 공동체를 형성한다. 언어 소수자이자 문화 집단을 구성해 수어를 중심으로 소통하면서 자신들만의 정체성으로 살아간다.

사회적으로 비장애인 사회에 접근하면서 통합 적용을 목표로 하기도 한다. 농인은 소리 대신 수어를 언어로 사용하면서 세상과 소통한다. 이론적으로, 수어를 중심으로 공동체를 구성해 생활하는 소수민족이라는 말도 있다. 또한 언어가 다른 만큼 그들만의 문화도 존재한다. 농문화 공동체 안에서 자율적이고 방해받지 않는 삶을 지향한다.

청각장애인은 청각 손실의 나이대가 다르다 보니 말을 잘하거나 못하거나, 둘 중 하나다. 자신의 노력으로 사회 구성원으로 가치 있는 삶을 살아갈 수 있다. 10대에 들리지 않게 되었다면 언어가 달라진다. 말을 잃어버리지 않기 위해 얼마나 애썼는지가 앞으로의 사회생활에 영향을 미칠 수 있다. 성인이 되어 들리지 않게 되었다면, 말은 정확하지만 심리적으로 힘들어하다가 마음을 닫을 수도 있다. 자신을 이겨내야만 한 사람의 사회인으로 살아갈 기회가 생긴다. 대화는 말하기, 필담, 스마트폰 앱과 입 모양을 읽을 수 있다.

농인은 수어 권리보장 운동을 하면서 수어 교육, 공연, 콘텐츠 제작으로 언어적 문화의 존재감을 알리기 위해 노력하며 수어를 배울 수 있는 환경을 제공한다. 또한 일상생활에서 통역이 필요하므로 직장, 학교 공공서비스 등 의사 소통지원을 적극적으로 요청하고 있다. 농인 중심으로 커뮤니티 활동에 참여하면서 수어권 보장을 위해 목소리를 높이기도 한다. 농인과 그들의 문화를 이해할 때는 그들을 부족한 존재가 아니라 다른 문화적 배경을 가진 사람으로 바라봐야 한다. 청각장애인인 내가 건청인의 언어를 이해하듯 건청인들도 수어라는 시각적 언어를 이해하기를 바란다.

청각장애인은 다른 사람과의 소통에서 어려움을 겪는다. 이에 소통의 과정에서 깊은 고립감을 경험한다. 들리지 않는 세상 속에서 타인과의 소통 단절과 고립감의 무게는 많이 무겁다. 무겁고 힘든 마음에서 자기만의 섬에 갇히기도 한다. 세상으로 다시 나오지 않을 수도 있다. 내가 아는 청년 중에 23세에 청각장애가 된 사람이 있었는데, 어떻게 해서든

융화하기 위해 애썼지만 결국 죽음을 선택했다. 잘 살아오다 어느 순간 좌절하는 것이다. 소통의 어려움에서 오는 고립감은 부정적인 마음으로 이어지기도 한다. 설명하기 힘든 외로움은 건청인들이 알지도 못하고, 이해하지도 못한다.

성인이 되어 청각장애인이 된 사람은 어려서부터 들리지 않는 것보다 더 충격이고 힘든 마음이 든다. 좌절하는 마음이 든다. 이해한다. 왜 안 그렇겠는가? 인생을 어떻게 살아갈지 꿈꾸는 과정에서 들리지 않게 된다면 좌절하고 나를 내려놓고 싶을 것이다. 힘겨움에 동굴을 파고 들어가 다시는 햇볕과 마주하고 싶지도 않을지 모른다. 하지만 달리 생각해보면 인생의 돛이 방향을 틀었을 뿐 내가 살아가는 이유는 달라지지 않았다. 소리와 사회에서 단절되는 것이 아니라, 자신을 세우는 공간이 만들어지고 있는 것이다.

나 또한 그런 생각으로 방황할 때가 있었다. "나는 들리는 채로 살아왔으면 지금은 잘나갔을 텐데" 하고 남편에게 말했다.

"당신은 소리가 들리는 채로 하고 싶은 공부 해서 성인이 되어 사회에 나갔다면, 제대로 된 인생을 살기 힘들었을 텐데?"

"왜?"

"그 얼굴에 공부도 잘했어 봐. 남자들이 가만뒀겠어? 게다가 잘났다는 교만에 빠져 제대로 판단도 못 할 거고, 자기 발등 찍었겠지. 그러니 하느님께 고마워해! 착하게 만들어주셨잖아."

그러면서 남편은 신은 공평하다고 했다. 나를 사람으로 만들어줬다면서. 생각해보니 틀린 말도 아니었다. 사람 인생은 모르는 것이니까. 들리지 않는 것에 집착해서 자신을 괴롭히지 말고, 잘하는 것을 찾아 새로운 길을 개척했으면 한다. 지금 시대는 무엇이든 할 수 있고 도움을 찾을 수 있다. 동굴에서 벗어나 밝은 기운을 받아 인생을 다시 설계했으면 좋겠다.

들리지 않아도 세상은 느껴진다. 공기와 바람도 같이 느낀다. 들리지 않은 것과 언어의 다름을 빼면 건청인들과 다를 게 없다. 어쩌면 우리들이 더 행복할 수도 있지 않을까? 시끄러운 시장에서 귀 막을 필요가 없다. 차를 운전하다 뒤에서 빵빵거리는 불쾌한 소리를 듣지 않아서 좋다.

정말 나쁜 사람을 만나지만 않으면 그저 모르쇠로 일관하면 그만이다. 생각하기 나름이다. 그러니 크게 스트레스 받을 일도 없다. 눈빛과 손짓만으로도 세상은 아름답다. 그럼에도 마음이 힘들어지면 가을날 오대산 입구 월정사의 새벽을 만나보면 좋겠다. 스님들이 걷는 길을 걷다 보면 마음이 정화된다. 새벽 공기와 짙게 피어오르는 전나무에서 풍기는 향기가 참 좋다. 수녀 친구와 함께 떠났던 그 여행길은 아직도 추억으로 남아 있다.

섬은 고립이 아닌 자립의 땅이다. 삶을 살아보니 소리는 지식을 배울 때와 사람 관계에서 중요하긴 해도, 나머지는 그렇게 중요하지도 않다고 느꼈다. 50대가 지나고 60대가 되어 인생을 뒤돌아보면서, 많이 배운 사람도 덜 배운 사람도 시간이 지나면 자신을 내려놓는다. 쉼 없이 달려온 시간을 뒤로하고 동등한 입장이 되어 마주 본다. 건청인도 잘 들리지 않을 때가 온 것이다.

그들도 소통은 귀가 아니라 마음에서 시작된다는 것을 깨닫는다, 말이 닿지 않아도 살아온 경험에서 마음은 통하고, 이해의 언어가 넓어지고 공감이 생겨난다. 이제 세상을 느끼면서 동행한다. 자신이 서 있는 자리에서 열심히 살아가다 보면 훗날 알게 된다. 젊은 날의 아픔을 이해하고 품어주게 된다.

〈 청각장애인으로서의 삶과 인간의 권리가 있다

들리지 않는다고 아이 취급하는 사람도 많다. 수어를 언어로 생각하지 않는 사람들은 그저 몸짓 정도로 가볍게 여기기도 한다. 청각장애인을 언어적, 문화적 성인으로 인정하지 않는 것이다. 그러나 건청인과 똑같이 성인으로서의 삶이 있고 인권의 권리도 있다. 그저 시각적으로 말하는 언어만 가지고 그 사람의 인생과 정체성, 삶을 가볍게 판단하는 일이 없었으면 한다.

들리지 않는다는 이유로 미성숙하거나 무능력하다고 생각하는 사람도 있다. 말소리 중심 사회에서 말로 표현하지 않거나 반응이 부족하면 이해하지 못하거나, 지능이 낮다고 생각한다. 그렇지 않다. 정보력 부재로 생각이 깊지 못할 수는 있지만, 이해의 문제가 아니라 소통 방식의 차이다.

생각이 늦거나 말이 늦은 걸 무능력하다거나 미성숙하다고 하는 건 사람을 낮춰보는 것이다. 생각할 수 있는 시간을 주고 기다린다면 청각 장애인도 얼마든지 자신의 의견을 말하고 건청인의 뜻을 알 수 있다.

그렇다고 아이 취급하거나 보호 대상처럼 여기는 태도는 좋지 않다. 성인으로서의 존엄을 인정하지 않는 일이다. 청각장애인의 자율성을 무시하고 스스로 판단할 수 있고 독립된 성인임을 부정하는 것이다. 오랜 시간 장애인은 보호 대상으로 인식해와서 능력이 있는데도 스스로 하기 어렵다고 여겼다. 또, 성인으로서의 선택권이나 책임을 주지도 않았다. 과잉보호나 대리 결정이 반복되면서 성인으로서의 권리와 주체성을 무시당했다. 의사결정에서 배제된 결과, 의존적이고 나약한 존재로 성장하면서 발전하지 못했다.

장애인은 도움을 받아야 하는 건 맞다. 하지만 인간적으로 무시당해도 되는 건 아니다. 그저 배우지 못해서 모를 뿐, 알려주고 가르쳐준다면 청각장애인도 얼마든지 도움 없이 살아갈 수 있다. 모든 장애인을 부정적인 시선으로 본다면 그 시선은 자존감을 헤치고 사회적 관계에서도 불평등을 만든다. 장애인이라는 이유로 불이익을 받기도 한다. 장애인을 향한 이런 시선 때문에 사회에도 속하지 못하고 비장애인들과의 관계도 좋아지지 않는다.

동등한 입장으로 보지 않고 보호 대상으로만 본다면 사회적으로도 불평등이 고착화될 것이다. 그저 몸이 불편할 뿐이다. 비장애인은 건강한 육체라고 해서 우쭐해하지 말아야 한다. 누구나 갑자기 장애를 가질 수도 있다. 공감대를 가지고 평등한 삶을 함께 살아갈 수 있길 바란다.

〈 나를 적극적으로 표현한다

나는 내성적인 성격이라 남들 앞에 나서는 것은 생각도 못 하고 살았다. 이런 내가 41세에 나를 표현하고, 앞에 나서기 시작했다. 내가 나를 보호해야 하는 보호자가 된 것이다. 숨기만 했던 나를 행동하게 만들었다. 표현은 나를 세상에 알리는 첫걸음이었다. 두려움도 있었지만 거짓 없이 솔직하게 다가가기로 했다. 들리지 않는다고 머리까지 장애가 있는 것이 아니었으니까.

독립하기 위해서는 나서야 했다. 혼자 할 수 있는 기회를 주어진다면 나서야 한다. 기회가 많은 요즘 세대는 얼마든지 세상으로 나아갈 수 있다. 똑똑한 청년들은 앞가림은 알아서 할 수 있다. 농학교에서는 셈이나 기술을 가르친다. 건청인의 공부와는 달리 취업을 목표로 한다. 물론 모든 농인이 그런 것은 아니다.

요즘에는 장애인들도 좋아하는 일을 찾아 열심히 살고 있다. 선천적인 농인이 아이같다고 느끼는 건 그들이 때 묻지 않은 순수함을 지니고 있어서다. 그들은 험악하고 위협적인 소리를 못 듣기 때문에 세상을 아름답게 본다. 하지만 농인도 성인이 되고, 결혼해서 부모도 된다. 이해하고 기다려주는 배려를 보여준다면 장애가 있어도 행복하게 살아갈 것이다.

인터넷과 AI시대다. 마음만 먹으면, 못할 것이 없다. 들리지 않는다고 슬퍼할 시간에 자기계발에 집중하자. 옛날처럼 벙어리라 놀리지 않으며, 장애인도 인권이 있고 사람답게 살아야 한다고 부르짖는 시대다.

들리지 않는다고 해서 세상이 무너지지 않는다. 변화의 시대에서 살아
남는 길은 자기계발뿐이다. 오늘의 자기계발이 내일의 생존을 만들어
간다.

4

소망과 희망, 배려

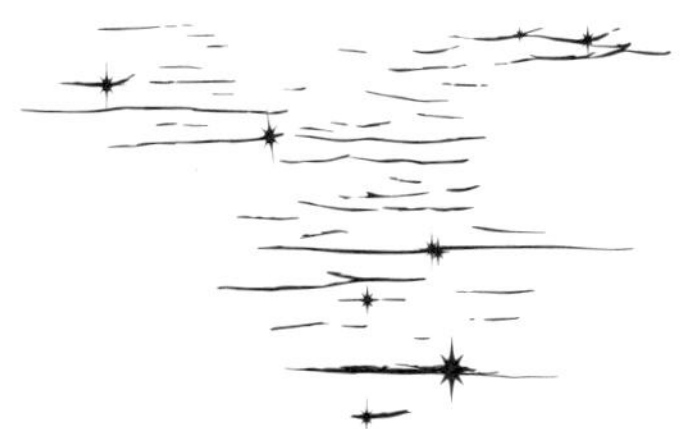

장애인에 대해 불쌍하다는 시선이 아니라 다르다고 바라보는 이해와 존중이 필요하다. 그래야 삶을 함께할 수 있다. 청각장애인과 농인은 소리가 들리지 않는 것이지, 재능이 없는 것이 아니다. 대화의 부재로 소외감과 외로움을 느껴 도전할 용기가 없어서다. 건청인이 열린 마음과 배려하고 이해하고 존중해준다면 장애 유무를 떠나서 건강한 사회가 찾아오지 않을까? 서로 이해하고 존중할 때 재능은 인정받고, 삶은 외로움이 아니라 함께하며 기쁨을 얻어 피어나는 꽃이 될 것이다.

현 사회제도가 청각장애인의 존재를 포용하고 사회 구성원으로서의 자율적 선택을 보장한다면, 폭넓은 시야와 지식으로 이제껏 해보지 못했던 새로운 체험을 하면서 직업적으로도 선택지가 많아질 것이다.

"왜 말을 못하지?"가 아니라 "왜 들을 수 있는 환경이 안 되지?"를 고민해주길 바란다. 시각 정보만 활성화되어 퍼진다면 소통의 벽은 상당 부분 허물어질 것이다. 청각장애인과 농인은 소통 방식이 다른 동등한 대한민국의 국민이다.

듣지 못함을 결핍이라고 여겨 동정하기보다는 존중으로 다가와주기를 바란다.

정보의 벽이 높아도 나만의 길을 만들었다.사람들과의 인연을 만들었다. 그리고 그 인연을 통해 길을 걷는다. 한 발짝 뒤에서 등을 바라보며 걸을 뿐, 그들은 뒤를 돌아봐주지 않는다. 그 등을 보면서 나는 묵묵히 걸어갈 뿐이다. "너희들이 무시하는 나를 언젠가 마주 보게 될 거야." 하지만 그들은 나를 무시한 것이 아니다. 소통의 벽 앞에서 고개를 돌렸을 뿐이다. 그저 자격지심이었다. 지금은 그들을 마주 보고 있다. 등만 보던 내가 마주한다.

접근의 한계를 탓하지 않고 길을 만들어 극복했다. 나의 길은 내가 만들어가는 것이었다. 누구도 도와주지 않는다. 자신의 주도로, 의지로, 성찰하며 걸어가야 한다. 정보의 장벽은 생각보다 높다. 그 벽을 넘다 보면 상처와 아픔이 생긴다. 자존감은 높이고 자존심은 놓아야 한다. 장벽을 넘으면 비로소 모든 것이 보인다. 그렇게 만든 결과, 나는 행복하다.

4장

표현해야 내가 보인다

청각장애인 자존감 회복하기

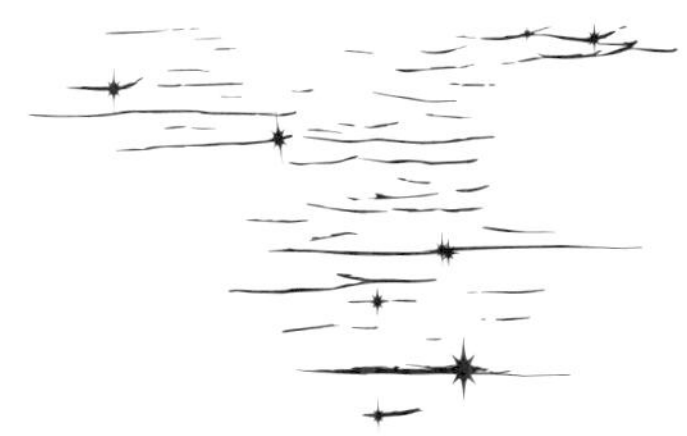

⟨ 장애는 약점이 아닌 특성이다

청각장애인은 시각 정보 해석 능력이 뛰어나다. 시각장애인은 청각과 촉각을 통한 공간 이해 능력이 뛰어나다. 지체장애인은 몸이 불편할 뿐 머리로 하는 지식 직업에서는 비장애인과 다를 바 없다. 기존 사회에서 '장애'는 '부족함'으로 보았지만, 지금은 각자가 다양한 능력을 가진 것이라고 생각한다. 청각장애인은 불편함을 스스로 해결하기 위해 창의적인 사고를 키워나가고 있다. 지난 세대와는 다른 경험, 공감 다양성을 포용하며 장애는 약점이 아니라 다른 형태로 나타나는 능력이라고 여긴다. 평등한 기회를 주고 장애인을 배제하지 않길 바란다.

내가 알려줘야 상대도 이해한다. 상대방에게 나를 알리는 일에는 용기가 필요하다. 내 권리를 요구하고 나를 지키는 힘은 당당한 태도에서 나온다는 것을 이제는 안다. 태도는 말보다 강하고, 내 뜻을 전하면 변화는 찾아온다.

할 수 있다는 경험이 마음 깊숙이에 자리 잡으면 위대한 변화가 시작된다. 작은 것들이 모여 큰 성과를 이룬다. 장애가 있다고 못 할 것도 없다. 작은 성취의 기쁨을 맛보면 할 수 있다는 확신이 시간이 지나면서 마음속에 깊이 자리 잡아, 결국은 해낸다. 어떤 경험이든 목표를 잡아서 끝까지 해낸 결과는 결코 사라지지 않는다.

자신이 좋아하는 것을 20년 꾸준히 하면 그 분야의 전문가가 된다. 나 역시 바느질이 좋아서 하다 보니 전문가가 되어 있다. 처음에는 목표가 없었다. 오늘을 살고 견디는 것뿐이었다. 마음에 여유가 생겨났을 때, 나를 돌아보고 목표를 정했다. 작은 목표라도 꾸준히 하면서 멈추지 않았다. 그렇게 시작해 현재의 내가 있다. 크기보다 방향으로, 속도보다 꾸준함으로, 이렇게 하다 보면 생각하지도 않았던 큰 산 위에 서 있는 자신을 볼 것이다.

〈 나만 이런 것이 아니야

처음에는 나만 힘든 줄 알았다. 웃음이 끊길 때, 대화가 끊기고 설명을 다시 부탁할 때마다 마음이 작아졌다. 그런데 나만 그런 것이 아니었다. 같은 경험을 했던 다른 사람의 말을 들었을 때, '나만 이런 것이 아니었구나. 건청인도 그럴 때가 있구나' 느꼈다. 장애, 비장애를 떠나서 서로의 불편함과 외로움을 이해한다면 공감이 시작된다.

청각장애인은 소리를 들을 수 없는 대신 시각적 정보와 감각을 통해 이해한다. 건청인은 소리를 중심으로 소통한다. 서로의 언어가 다르다는 것을 알면 이해가 시작된다. 다름을 불편함으로 여길 것이 아니라 이해의 시작점이 되길 바란다. 나는 들을 수 없다는 사실보다 배려하지 않는 사람들의 태도에서 상처를 받고 힘들어했다.

건청인과 대화하려면 온 신경을 집중해야 한다. 눈으로 하는 대화는 에너지가 많이 든다. 건청인과의 대화의 벽은 높지만 그렇다고 기죽지 않았으면 한다. 서로 맞지 않으면 만나지 않으면 된다.

이해를 받고 싶다면 상대를 먼저 이해하자. 청각장애인이 되면 먼저 이해받고 싶어 한다. 내 불편함이 우선이 되기 때문이다. 소리가 들리지 않는 순간부터 자신감이 떨어져서 이해받기만을 원하다 보면 상대는 나에게서 멀어진다. 안쓰러워하던 사람들도 점점 지쳐서 손을 놓아버릴 수 있다. 이해받고 싶다면 먼저 이해하는 마음이 앞서야 한다.

내가 먼저 이해면 상대도 이해하는 마음으로 내게 온다. 모든 사람의 생각은 자기 자신이 생각하고 행동하는 대로 이루어진다. 이해하는 것이 먼저다.

〈 편견 넘어서기

내가 만들기도 하고 타인이 만들기도 하는 편견은 어디에나 존재한다. 편견으로 인해서 상처받기도 하고 상처를 주기도 한다. 아주 오래전, 소수자를 돕는 봉사자 단체에서 친하게 지낸 사람이 있었다. 그에게 모든 개인사를 말하지는 않았다. 봉사를 위해 모인 만큼 일에 대한 이야기만 했다. 나에 대해 편견 없이 다가와준 사람을 나는 편견의 시선으로 그를 바라봤다. 겉모습만 보고 판단한 것이다. 시장에서 파는 싸구려 옷을 입고, 신발 또한 옷에 어울리지 않았다. 그러나 누구보다 열정적이었고 밝았다.

겉모습만 보고 도와줘야겠다는 못난 생각을 했다. 나중에 들었는데, 그는 일류대를 나온 엘리트였다. 마음에 품은 바가 있어 결혼은 하지 않고 일하는 시간을 아껴가며 봉사하는 사람이었다. 그 이후로 나는 외모로 사람을 판단하지 않는다. 그 사람의 모든 것이 아니기 때문이다.

사회적 편견을 넘어서야 비로소 편견을 극복할 수 있다. 힘들다고 말만 할 게 아니라 행동으로 나서기를 바란다. 편견을 넘는 과정은 불편하고 때로는 두렵다. 그러나 그 벽을 넘는 순간 사회의 벽도 흔들리기 시작한다. 내가 나의 편견을 넘어서야 사회에 대한 편견도 넘어설 수 있다. 편견은 마음에서 사회를 바꾸는 힘이다. 지체장애인 인권운동을 하는 분들에게 편견을 바꿔주어 감사하고 있다는 말을 전하고 싶다.

퀼트를 하면서 주변 사람들과 비교도 많이 했다. 돈, 학력을 떠나서 사람 대 사람으로 비교하기도 했다. "나는 들리지 않아서 못 하고 있는데, 너는 들려서 좋겠다!" 자격지심이 없지는 않았다. 태어난 것은 후회하지 않지만, 들리지 않게 된 때 사라졌다면 좋았을걸 하는 생각은 해봤다. 암으로 투병하는 남편과 살 때는 힘들어서 이틀이 멀다 하고 울었다.

그러다가 마음을 다잡았다. 배우려면 알아야 하는데 방법을 몰랐다. 누군가 조금은 도와줬으면 하는데 아무도 없었다. 서울 거리를 돌아다니기 시작했다. 미술관으로, 교보문고로, 광화문으로. 그렇게 하지 않으면 미쳐버릴 것 같았다. 청계천으로 향했다. 많은 사람 속에 홀로 앉아 있었다. 바늘 크기의 물고기들이 떼로 다니고 있다. 여유롭게 자유롭다. 그렇게 그 안에서 나를 만났다. 내가 나를 인정하지 않으면 아무도 나를 인정해주지 않는다. 내가 내 가치를 발견하지 못하면 앞으로 나가지 못한다. 서울장애인종합복지관 1기로 입학했을 때 아침마다 하는 조회 시간에 외치던 말이 있었다. "나는 하나다. 나는 나뿐이다. 모든 것을 할 수는 없지만 할 것도 많다. 할 것은 하겠다. 하고야 말겠다." 지금도 이 말을 떠올린다.

최악의 환경에서 성공한 사람들은 혼자였다면 여기까지 오지 못했을 거라고 말한다. 가족이 함께 해줬고 친구가 응원해주고 때로는 쓴소리도 하는 사람 덕분에 성공할 수 있었다고 말이다. 내게는 가족도, 친구도 없었고, 도움도 없이 오직 혼자 걸어왔다. 수어를 배우면서 알게 된 미국에 살고 있는 희연이뿐이다. 처음 만난 날부터 지금 이 순간까지 22년이라는 시간을 함께해주고 있다. 같이 울고 웃으며 위로해주는 언니 같은 동생이다. 단 한 사람의 응원으로 용기를 갖고 걸어왔다.

〈 감정 표현

나는 할 수 있고 가치 있는 사람이라는 생각을 습관화해야 한다. 부정적인 생각을 줄이고 긍정적 사고를 많이 하도록 노력한다. 그래야 사회를 버텨낼 힘이 나온다. 그러려면 내 감정을 자연스럽게 표현할 수 있어야 한다. 남들과 비교하지 않아도 나는 충분히 소중하다며 자기 최면을 건다. 혼자여도 존재의 의미가 있고 사랑받을 사람이라고 스스로 생각하며 사는 것이다.

단순한 협력이 아니라 마음이 닿고 함께 웃을 때 생겨나는 에너지가 있다. 이를 통해 너와 나, 우리로 세상은 조금 더 넓어진다. 서로의 부족함을 채우는 관계, 함께하는 '가치'다. 혼자는 '나의 길'을 세우지만 같이는 '우리의 길'을 만든다. 혼자는 나의 중심을 세우지만, 같이는 세상을 넓혀간다. 나를 넘어 우리가 되는 순간에 세상은 살 만해지지 않을까?

후천적 청각장애인이 되면 자신을 부정한다. 장애를 나의 일부로 받아들이기보다, 이를 부정함으로서 떼어버리고 싶어 한다. 그러나 나의 일부로 받아들였을 때, 가능성이 열린다. 그렇지 않으면 할 수 있는 것이 없다. 부정이 아닌 수용에서 가능성을 일깨워야 한다. 그래야 새로운 관점에서 능력을 보여줄 수 있다. 나의 일부를 받아들이기 시작하면 미처 보지 못했던 기회가 열리기 시작한다. 자신이 부족하다고 느끼지만, 그 부족함을 받아들이는 태도가 새로운 관점을 만든다. 결핍은 지우려고 하지 말고 받아들이자. 훗날 누구도 예상하지 못한 가능성을 지닌 나를 발견하게 될 것이다. 타인에게 자신의 상황을 설명하고 필요한 지원을 요청하여, 사회적으로 자립하고 당당함을 키우자.

20년 전에는 수없이 내 상황을 이야기해도 들어주는 사람이 없었다. 필요한 지원은 몰라서 요청하지 못할 때도 있었다. 지금은 사람들의 시선도 바뀌었고, 장애인에 대한 인식이 많이 좋아졌다.

〈 가족과 친구

한글보다 한문을 먼저 배우셨던 내 아버지는 그저 선비였다. 평상시에는 한마디도 없으시지만, 저녁 밥상머리에서는 아들에게 이야기를 많이 들려주었다고 한다. 아버지는 화를 내지도 않았다. 묵묵히 가족을 위해 헌신하는 가장이었다. 엄마는 아버지와 반대되는 성격으로 불같은 성격이었다. 무엇인가가 마음에 들지 않으면 목소리가 커졌다. 그런 엄마가 참 이상하게도 아버지를 대할 때는 조용했다. 내가 들리지 않는다고 달라진 것은 없었다. 장애인이 되어버린 딸을 바라보면서 슬퍼하는 엄마 말고는 평화로웠다. 청각장애인이 되고도 자존감이 높은 이유는 가정환경 덕분이다. 그저 들리지 않을 뿐이라며 너무도 당연하게 생각해주는 가족이 있어서였다. 따뜻한 마음으로 존중하고 인정해주는 가족, 그 안에서 자라온 사람이라 장애와 상관없이 본인의 삶을 가치 있게 살아간다.

내 남편은 아버지처럼 나를 위해 많은 대화를 나눴다. 세상 돌아가는 이야기와 주위의 일을 알려줬다. 단소리보다 쓴소리가 더 많았다. 모자라서가 아니라 알려주지 않아서 모른다고 생각해서 내게 끊임없이 말을 걸었다. 내가 젊은 나이에 혼자 될 것을 알고 쉼 없이 얘기를 들려줬

다. 그때는 그렇게도 싫었는데 지금은 그립다. 그때의 대화가 혼자 살아
갈 수 있는 힘이 되었다. 힘들었지만 삶에 거름이 돼주었다.

＜ 생각과 이해의 폭이 좁다는 오해

청각장애인은 생각과 이해의 폭이 좁다는 오해가 많다. 청각장애인
이 대화에서 이해가 부족해 보이는 것은 소통의 방식이 달라서다. 이해
력이 부족해서도 아니다. 소통의 어려움을 청각장애인에게로 돌린다면,
그건 건청인의 오만일 수도 있다. 오해는 들리지 않아서가 아니라 이해
하려는 마음이 없어서 생긴다.

그러나 오해받기 싫다고 해서 침묵하지는 않았으면 한다. 부딪히고
상처받고 알아가야 내가 성장한다. 성장통은 누구에게나 필요하다. 겸
허히 고통을 받아들이자. 침묵하기보다는 나를 표현하고 행동하고 꾸준
히 걷다 보면 다른 내가 되어 있을 것이다.

2

삶의 방향

＜인간은 사회적 존재다

장애가 있든 없든, 고독과 비교에서 자유로울 수 없다. 사회는 혼자서 존재할 수 없으며 타인의 관계 속에서 자신이 완성된다. 사람은 관계 속에서 성장하는 사회적 존재이기 때문이다. 남과 비교하는 순간 고통은 시작된다. 서로를 인정할 때 비로소 자유로워진다. 타인의 온기 속에서 우리는 자신을 발견하고 성장할 수 있다. 비교의 관계 속에서 상처받기보다 이해와 배려로 미소 짓는 '우리'가 되길 바란다.

완벽하기 위해서는 나를 고문해야 한다. 채찍질하고 다그치고 쉼 없이 담금질해야 한다. 완벽함이란 소소한 일상이 쌓여 평범한 하루를 채워서는 불가능하다. 완벽함이란 흠이 없는 상태가 아니라, 불완전함 속에서도 자신답게 살아가는 것이다. 소소한 기쁨이 하루를 빛나게 하고 완벽하지 않아도 마음이 가볍고 내가 괜찮으면 된다. 완벽함을 추구하는 강박은 누구도 알아주지 않는다. 나 자신만 힘들 뿐이다. 내 능력

안에서 내가 할 수 있는 만큼만 꾸준히 한다면 시간이 흐르며 점점 사람들이 나를 알아준다.

이어폰을 끼고 다니다가 들리지 않아 사고가 난다. 만약 운이 좋지 않으면 장애인이 될 것이다. 그렇게 장애인이 되면 장애보다는 편견이 더 힘들다. 그러나 삶이 잘못된 것은 아니다. 불행과 실패, 상실과 아픔을 통해 우리는 자신을 만들어간다. 그 과정에서 조금씩 성장하고, 길을 찾고, 길을 만들어간다. 정해진 길은 없다. 이는 누구에게나 공평하다. 장애가 불편할 수는 있어도 불편함을 이겨내고 오르면 이제까지 보지 못했던 눈부신 별이 기다리고 있다. 나는 어떤 사람인지 스스로 묻는 것은 삶의 무대를 시작하는 출발점이다. 나의 꿈, 욕구, 삶의 목표 등 앞으로 무엇을 하며 살 것인지 방향을 묻는다. 타인의 눈에 비친 나대로 살면서 더 이상의 발전도 없이 인생을 마감해도 괜찮다고 생각한 적도 있었다. 하지만 남의 시선을 따라가면 내가 사라진다. 남의 시선에서 나를 보면 진짜 내가 아니다. 나를 찾기 위해서는 그 시선에서 벗어나야 한다. 남의 눈을 의식하는 순간 나는 내 삶의 무대에서 주연이 아닌 조연이 된다.

바보가 아닌 천재가 되자

운보 김기창 화백은 유명한 청각장애인 화가다. 장티푸스에 걸려 청각장애인이 되었다. 지금은 유명해진 외국의 화가들도 한때는 무명이자 미친 사람 취급을 받기도 했다. 가난 속에서 병을 얻어 정신병원에 간

했어도, 하고 싶은 것을 하는 열정과 고뇌를 잃지 않았다.

그렇게 자기 자신을 끝까지 믿었던 사람들은 위대한 업적을 남겼다. 운보 김기창 화백과 베토벤을 좋아하고 존경하는 이유는 최악의 조건에서 최고를 만들기 때문이다. 자신이 하는 일에 미쳐야 빛을 본다. 자기가 좋아하는 것에 미친다는 것은, 열정이 있고 즐거움이 있다는 것이다. 미치도록 좋아할 때 비로소 빛이 되고 세상도 나를 비춰준다. 성공이라는 빛은 미치도록 좋아하는 과정에서 생겨난다.

장애는 불편했지만 나를 막을 수 없었다. 내 삶의 일부일 뿐 걸림돌은 아니었다. 불편함은 있어도 나의 능력과 일의 한계를 넘어설 수 있었다. 장애는 가능성을 보여주기도 한다. 조용히 내면을 들여다보면 장애는 불편함일 수 있어도 내가 가는 길을 가로막지는 않는다. 장애가 있어도 나는 나답게 살아가고 있다.

들리지 않으면 어딘가 모자라다는 편견이 있고 아이처럼 취급받는다. 지금의 나는 천재까지는 아니더라도 사람으로는 인정받는다. 남들이 나를 무시하는 눈으로 봤지만, 꾸준히 오랜 시간에 걸쳐 하다 보면 그들이 틀렸다는 것을 깨닫는 날이 온다. "세상은 처음엔 바보라 부르지만, 결국 진심으로 미친 사람을 천재라 부른다."

바느질이 좋아 시작했는데 어느덧 2C년이 넘는 시간을 해왔다. 좋아하는 일을 할 때면 마음은 즐거움으로 차오르고 시간은 속절없이 흐른다. 하지만 10년 정도 지났을 무렵, 좋아한다는 마음만으로는 부족하다는 사실을 깨달았다. 하나의 작품을 완성하고, 사람과 관계를 맺고, 기초를 넘어 전문가가 되기까지의 여정은 결코 즐겁지만은 않았다. 어떤 일이든 반복되는 과정은 인내심을 시험한다. 좋아하는 일이기에 조금 수월했을 뿐, 절망과 좌절, 자괴감의 순간은 어김없이 찾아왔다.

청각장애인은 건청인의 보폭과는 다를 수밖에 없다. 재능이 있어도 조력자가 없다면 그 간극을 메우는 데 생각보다 긴 시간이 걸린다. 그 시간을 견디지 못해 그만두고 싶었던 적도 솔직히 많았다. 하지만 그만둘 것이 아니라면, 정말 이 길을 가고 싶다면 장애는 중요하지 않다. 조금 늦을지 몰라도 꾸준히 걷다 보면 반드시 결승선에 닿는다.

바느질 진도가 더딜 때마다 들리지 않기에 생기는 오해와 판단이 나를 괴롭혔다. 그럴 때마다 나는 스스로에게 말을 건넨다. "괜찮아, 못 들었을 뿐이잖아. 괴로워하지 말고 다시 힘내보자. 시간이 걸려도 결국 만들어내기만 하면 돼." 이런 자기 최면과 '미치도록 좋아하는 마음'이 없었다면 지금의 나도 없었을 것이다. 자신의 분야에 온전히 몰입할 때 뿜어져 나오는 빛은 장애와 상관이 없다. 열정의 끝에서 비로소 빛나는 것, 그것이 바로 재능이다.

3

언어는 결국 극복해야 하는 일

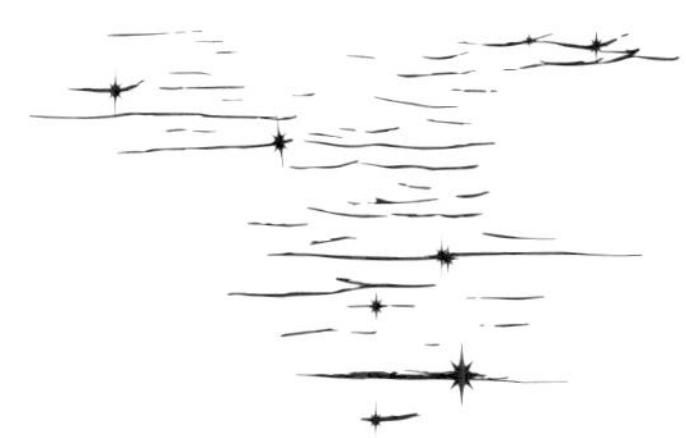

＜ 나는 외국인이 되기도 한다

경기도 파주에는 이모님이 계신다. 어느 명절, 인사를 드리러 가기 위해 전철을 타고 문산역에 내렸다. 길을 잘 몰랐지만 기본요금이면 갈 수 있는 거리라는 말에 택시를 잡아탔다. 목적지를 말하자 기사님이 재차 물었다. "외국 분이세요?" 나는 백미러로 보이는 기사님의 얼굴을 보며 솔직히 답했다. "말을 잘 못 듣습니다."

그러자 기사님은 부스럭거리더니 볼펜과 종이를 집어 들고 글을 쓰기 시작했다. 운전하는 내내 신호등에 걸릴 때마다 무언가를 계속 적었다. 필담은 목적지에 도착할 때까지 끝날 줄을 몰랐다.

"이렇게 말해야 상대가 알아듣는다, 저럴 땐 이렇게 했어야 한다…." 목적지를 말하며 소리를 듣지 못한다고 했을 뿐인데, 기사님은 별별 훈수를 두었다. 운전 중에 자꾸 쪽지를 적어 내미니 사고가 나지는 않을까 걱정하는 승객의 마음 따위는 안중에도 없는 모양이었다. 오지랖의 끝판왕을 만나고 차에서 내리는데, 휘청거릴 정도로 기운이 빠졌다. 택시를 숱하게 타봤지만, 이토록 피곤한 여정은 처음이었다.

청각장애인은 가까이하기 힘든 사람일까? 퀼트를 하며 수많은 비장애인을 만난다. 바느질을 시작하며 내가 세운 관계의 원칙은 '먼저 다가가기'였다. 거절당하더라도 다시 한번 연락해보고, 밥 한 끼 약속을 잡으려 애썼다. 다만, 기회는 딱 두 번까지다. 세 번은 매달리지 않는다. 누군가 다가와주길 기다리기보다 내가 먼저 손을 내미는 삶을 살았다. 몇 번의 만남으로 끝날지언정 꾸준히 약속을 잡았다. 응해주면 반갑고 고마웠고, 만나주지 않으면 그저 바쁜 일이 있겠거니 하며 이해하기로 했다. 내가 원하듯 그들에게도 만나지 않을 권리가 있으니, 그럴 수 있다며 넘겼다.

그렇게 만난 이들 중에는 한쪽 귀가 들리지 않는 난청인도 있었다. 본인이 말하기 전까지는 몰랐을 불편함을 털어놓았다. "그래도 한쪽이라도 들려서 참 다행이에요"라고 위로를 건넸다. 한때는 청각장애인을 많이 도와줬다던 그분의 말에 잠시 기대를 품기도 했다. '그렇다면 잘 모르는 나를 조금만 도와줄 수 있나요?'라는 말이 목구멍까지 차올랐지만, 끝내 밖으로 나오지는 못했다. 그분과는 결국 다시 만나지 못하는 사이가 되었다. 20년 넘는 세월 동안 이런 일은 부지기수였다. 비장애인들의 속마음을 다 알 수는 없지만 어느 정도 이해는 간다. '소통이 될까? 내 말을 알아듣기는 할까?'라는 의구심이 그들을 지배하고 있을 테니, 마주하기 꺼려지는 마음도 괜찮았다. 하지만 자신의 선행을 자랑하듯 늘어놓으면서도 정작 내 앞에는 차갑게 선을 긋는 행동은 매번 상처엿다. 물론 그 아픔도 잠시뿐, 금방 잊어버린다. 생각은 다를 수 있고 싫은 건 싫은 것이니까. 세상 모든 사람이 다 좋을 수는 없다는 엄마의 말씀이 맞았다.

나이가 들어 돌아본 인간관계는 결국 '사람 대 사람'의 문제였다. 내가 좋은 인연을 맺으려 애썼듯, 그들도 자신에게 적합한 사람을 찾으려 노력한 것뿐이다. 나보다 나은 사람을 만나 발전하고 싶은 욕망은 비장애인이나 나나 매한가지일 텐데, 나는 내 장애만 너무 부각해 생각했었다. 타인이 자신에게 맞는 사람을 선택할 권리가 있다는 당연한 이치를 외면한 채, 자격지심에 빠져 부정적인 마음만 키웠던 시간들이었다. 젊을 땐 몰랐던 이치를 나이 들어서야 깨닫는다. 열등감 뒤에 숨어 있던 나의 모자람이 이제야 부끄럽게 얼굴을 드러내고 있다.

청각장애인의 언어는 단 하나에 머물지 않는다. 눈으로 보고, 마음으로 느끼며, 생각으로 말한다. 소리가 들리지 않는 것은 사실이지만, 수어와 문자는 또 다른 목소리가 되어준다. 손으로 말하고 눈으로 듣는 것도 하나의 온전한 언어다.언어의 다양성은 불편함이 아니라, 표현의 또 다른 풍요로움이다.

청각장애인은 기본적으로 눈으로 대화하는 사람들이다. 말을 천천히 나누고 마음을 또렷하게 전하면 된다. 청각장애인과의 소통에서 중요한 것은 속도가 아니라 진심이다. 마음이 정확히 전달된다면 대화의 속도는 그리 중요하지 않다. 나 역시 그랬듯이, 때로는 얄팍한 자존심 때문에 타인의 호의를 오해하곤 한다. 하지만 타인의 '배려'는 우리를 불편하게 여겨서가 아니라 '다름'을 인정하고 내미는 따뜻한 손길이다. 건청인이 배려와 친절을 보인다면 자격지심을 가질 필요 없이 기쁜 마음으로 받아들이자.

⟨ 배려는 다름에서 온다

말보다 중요한 것은 마음의 이해다. 존중 없는 소통은 전달이 아니라 일방적인 명령으로 들린다. 진정한 소통은 신뢰를 쌓고, 신뢰는 협력을 기반으로 한다. '수어'로 말하든 '구어'로 말하든 '문자'로 대화하든 존중해주면 된다. 외국어를 이상하게 생각하지 않듯이, 다름을 인정해준다면 서로에게서 가치를 발견할 것이다. 다름을 인정하고 마음의 문을 연다면 건청인들도 이해하고 비로소 진짜 소통이 시작될 것이다.

수어를 배우던 건청인이 수어로만 하는 예술제에 초대받았다. 그랬더니 손의 흐름이 너무 예뻤다며 수어가 아름답다고 이구동성으로 말했다. 음악에 맞춰 나오는 수어는 춤추는 느낌이다. 그러나 농인들에게는 언어일 뿐 그렇게 보이진 않을 것이다.

5장

같지만 다른 이유

소통하기 그리고 이해하기

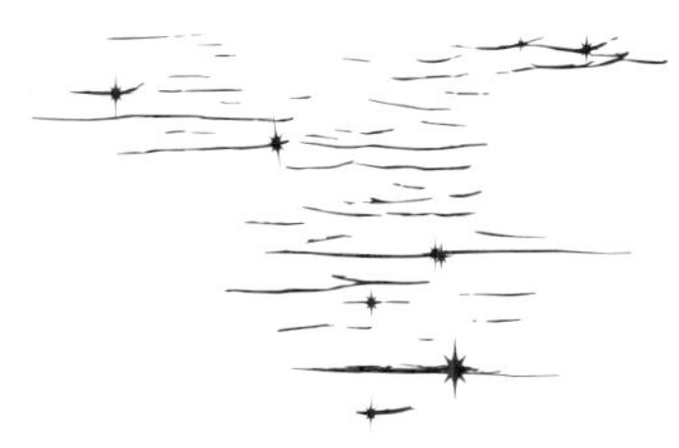

＜ 건청인과 어떻게 소통하는가?

농인과의 소통에서 수어는 필수적이다. 수어 통역사가 있지만, 통역은 어디까지나 공적인 영역에 머물러 있다. 농인이 음성 언어를 완벽히 배우는 것은 불가능에 가깝다. 간단한 단어는 내뱉을 수 있어도 그 이상의 소통은 힘들다. 그렇기에 건청인이 수어를 배우는 것이 훨씬 빠르고 효율적일 수 있다. 손으로 빚어내는 수어를 익히는 것이 마음을 주고받는 대화의 첫걸음이다. 손끝과 눈빛으로 나누는 대화는 아름답다.

청각장애인과는 서로의 언어 방식을 이해하려는 노력이 필요하다. 같은 언어를 쓰더라도 들리지 않기에 불편함이 발생한다. 서로의 차이를 인정하고, 어떤 방식이 편한지 먼저 물어봐주면 소통이 쉽게 이뤄진다.

나는 수어 통역이 필요한 곳에서는 수어와 음성 언어를 병행해달라고 요청한다. 반면 건청인들과 대화할 때는 나를 배려한답시고 너무 천천히 말하지 말아달라고 부탁한다. 지나치게 느리면 오히려 흐름을 파악하기가 어렵다. 그저 자연스러운 대화를 원한다. 모든 단어를 알아듣지는 못해도 맥락을 짚어가며 대화의 주제를 파악할 수 있다.

청각장애인과 농인은 동정을 바라지 않는다. 오직 존중과 평등을 원할 뿐이다. 소리가 들리지 않는다는 이유로 불쌍하게 여기는 시선이 여전히 많다. 그러나 진정한 관계란 한쪽이 일방적으로 맞추는 것이 아니라 서로를 향해 다가가는 것이다. 말로만 하는 소통이 아니라, 서로 표현 방식을 이해하려 노력할 때 진정한 연결이 일어난다. 소리는 귀로 들리는 것이 아니라 마음으로 전해지는 것이다. 우리는 보호받아야 할 대상이 아니라 사회를 함께 구성하는 동등한 일원이다. 청각장애인과 농인, 건청인은 듣는 방식은 다르지만 모두 같은 세상을 살아간다.

인간관계는 동정이 아니라 협력과 존중 위에서 완성된다. 동정은 벽을 만들지만, 존중은 함께 걸어갈 길을 만든다. 우리에게 필요한 것은 연민이 아니라 관계를 잇는 이해와 배려다. 동정은 시선을 아래로 향하지만, 존중은 서로의 눈높이를 맞추는 일이다. 때로 소통이 어긋날 때도 있겠지만, 마음으로 대하고 사람 자체로 마주한다면 좋겠다. 장애로 인해 조금 다를 뿐이라는 사실을 있는 그대로 인정해주길 바란다.

＜ 장애인이 편한 사회가 모두를 편하게 한다

'장애인'을 '장애자'라 부르던 시절이 있었다. 그리 오래된 과거도 아니다. 장애에 대한 인식이 턱없이 부족했던 시절, 장애자라는 말에는 장애인을 결함 있는 존재로 치부하던 사회적 시선이 담겨 있었다. 사람 그 자체보다 '장애'라는 형질에만 초점을 맞춘 차별이 당연시되던 때였다. 하지만 지금은 장애를 가진 '사람'에게 방점을 찍는 인간 중심의 사회다. 이러한 변화는 지체장애인들이 권리와 이동의 자유를 위해 처절하게 목소리를 높여온 투쟁의 결과다.

장애가 있기에 앞서 존엄한 사람이기에, 비장애인과 동등한 권리를 주장하며 거리로 나섰다. 투쟁의 초창기, 나 역시 그 대열에 동참하며 현장의 고단함을 온몸으로 겪었다. 이제는 누구나 불의의 사고로 장애인이 될 수 있는 시대다. 장애는 그저 조금 불편할 뿐, 비장애인과 다를 바 없는 삶의 단면이다. 그러니 편견의 시선이 아닌 '사람의 시선'으로 서로를 바라보자. '장애자' 대신 '장애인'을, '정상인' 대신 '비장애인'이라는 표현을 쓰는 것은 장애 유무와 상관없이 모두가 평등한 사람이라는 선언이다. 누구라도 한순간에 장애를 입을 수 있는 오늘날, 장애인을 '결함 있는 존재'로 보던 낡은 시선은 완전히 사라져야 한다.

장애인과 함께 일하고 활동하다 보면 편견은 자연스레 줄어든다. 흔히 장애인을 마주하면 '도와줘야 하나?' 혹은 '함께 할 수 있을까?'라는 생각부터 하곤 한다. 하지만 이는 마주하기도 전에 이미 마음속에 칸막이를 세우는 일이다. 신체 일부가 불편하다는 이유만으로 상대를 낮게 평가하는 시선은 당사자에게 불쾌감을 줄 뿐이다. 장애라는 프레임을 걷어내고 사람 대 사람으로 만나다 보면, 함께 어울리는 일은 일상이 되고 편견은 눈 녹듯 사라진다. 서로의 위치에서 다름을 배우는 과정은 비장애인에게도 스스로의 삶을 되돌아보는 소중한 기회가 된다.

차별의 현장을 목격했을 때 침묵하지 않고 목소리를 내는 것이 세상을 바꾸는 용기다. 살아갈 권리를 보장해달라는 작은 외침이 이제 거대한 바위가 되어, 장애인이 비장애인과 동등한 삶을 누릴 수 있는 토대를 만들었다. 참으로 감사한 일이다. 그 용기 있는 첫걸음이 연대의 시작이었고 세상을 바꾸는 동력이 되었다. 침묵을 깨는 용기는 거창한 것이 아니라, 부당함 앞에서 나지막이 제 목소리를 내는 것에서 시작된다.

오늘날 지하철역마다 설치된 엘리베이터는 거저 얻어진 것이 아니다. 이동의 자유를 위해 치열하게 투쟁했던 장애인들의 목소리가 만들어낸 결실이다. 지금 그 엘리베이터를 가장 요긴하게 사용하는 이들은 노약자와 유아차를 끄는 부모들, 그리고 계단을 오르기 힘겨워하는 수많은 비장애인이다. 장애인을 위해 만든 길이 결국 모두에게 편리한 사회를 만든 것이다. 차별 앞에서 침묵 대신 목소리를 선택했던 그 용기가 모두가 함께 걸을 수 있는 더 넓은 길을 열어주었다.

〈 같은 사람이어도 생각이 다르다

건청인과 청각장애인, 농인은 모두 같은 사람이지만 세상을 바라보고 해석하는 방식은 각기 다르다. 건청인은 눈을 감아도 정보가 흘러 들어오는 소리의 세상에 산다. 보고, 듣고, 말하는 기능이 온전히 연결되어 있기에 원하는 직업을 선택하고 삶을 자유롭게 설계할 수 있는 기회를 비교적 풍족하게 누린다.

반면 청각장애인의 삶은 자신의 장애를 직시하고 수용했을 때 비로소 온전한 나가 된다. 들리던 세상이 침묵의 세계로 변했을 때 느끼는 절망감은 무엇으로도 설명하기 어렵다. 운명을 받아들일 준비가 되기도 전에 희망으로 가득했던 인생이 한순간에 무너지는 경험을 하기 때문이다. 말할 수는 있지만 들리지 않는 괴리 속에서, 시간이 흐를수록 언어의 소통마저 어려워지는 이 고통을 이해해야 한다. 그들이 다시 일어설 수 있도록 충분한 시간을 주고 묵묵히 지켜봐주는 인내가 필요하다.

농인은 그들과는 또 다른 세계를 살아간다. 아기 때부터 소리 대신 손의 언어인 수어를 먼저 배운 농인들은 청각장애인이 겪는 갑작스러운 상실과는 결이 다른 감정을 품고 산다. 과거의 농인들이 주로 육체적인 노동을 통해 삶을 일궈왔다면, 시대가 변하고 지식의 수준이 높아진 지금은 그 영역 또한 점차 넓어지고 있다.

그저 세상을 바라보는 방식이 조금 다를 뿐이다. 평등한 인식이란 각자가 가진 경험의 차이를 있는 그대로 인정하는 것에서 시작된다. 서로의 다양성을 존중할 때 비로소 우리는 균형을 맞추며 함께 걸어갈 수 있다.

건청인, 청각장애인, 농인은 분명 다르지만 결국 모두 같은 사람이다. 소통의 방식은 저마다 다를지라도 진실한 마음은 언제나 서로에게 닿는다고 믿는다. 우리는 서로 다른 시선으로 같은 세상을 아름답게 채워가는 동반자들이다.

＜ 자존심과 자존감

"자존심은 타인의 시선 속에 세워지고, 자존감은 나의 마음속에서 자란다." 어느 책에서 읽은 이 한 줄이 마음을 울린다. 자존심이 타인과의 비교를 통해 나를 지키려는 방어 기제라면, 자존감은 타인의 잣대가 아닌 오로지 나를 있는 그대로 인정하고 수용하는 마음이다. 자존심이 무시당하고 싶지 않아 잔뜩 힘을 준 긴장 상태라면, 자존감은 나의 부족함조차 긍정하며 나여서 충분하다고 믿는 내면의 단단한 뿌리다. 그것은 비교가 아닌 이해의 영역이다.

결혼 전의 나는 나 자신을 지키는 법을 알지 못했다. 세상 밖으로 첫발을 내디뎠던 20대, 청각장애라는 벽에 가로막혀 들은 것이 없으니 아는 것도, 할 수 있는 것도 없었다. 그저 책을 통해 눈으로 익힌 얄팍한 상식이 전부였다. 사회생활은 남들의 방식을 모방하는 것에 불과했고, 내 의견을 내기보다 그저 고개를 끄덕이며 수긍하는 것이 편했다. 그런 내게 누군가 "너는 자존심도 없는 것 같아"라고 한마디했다. 그 말은 청각장애라는 낙인과 겹쳐 비수처럼 내 가슴을 찔렀다. 사실 그때 내게 절실했던 것은 타인의 시선에 맞선 자존심이 아니라, 나를 온전히 지탱해줄 자존감이었다.

자존감은 나를 세우는 힘이다. 남을 의식하기엔 삶이 너무 고달팠고, 나 하나 살아가기도 벅찬 상황에서 자존심에 매달리는 것은 스스로를 망치는 길이었다. 건청인들은 종종 청각장애인이나 농인을 보며 자존심도 없고 분위기 파악도 못 하는 사람들이라 치부하곤 한다. 가끔은 정말 그렇게 보일지도 모른다. 하지만 그것은 오해다.

들리지 않는 세상 속에서 자존심의 갈옷을 껴입지 않은 채 수어와 통역에 의지해 꿋꿋이 살아가는 이들이 있다. 그들이 자존감이라는 단어를 완벽히 정의하지 못할지라도, 그들은 이미 자신을 믿는 '용기' 하나로 불확실한 삶을 정면으로 돌파하고 있다. 자존심은 나를 지켜주는 것 같지만, 오래 입고 있으면 숨을 막히게 하는 무거운 갑옷과 같다. 숨을 쉬기 위해 그 무거운 갑옷을 기꺼이 벗어 던지고, 있는 그대로의 모습으로 세상과 마주하는 농인들의 삶을 나는 진심으로 응원한다.

2

정부나 지자체의 도움이 필요하다

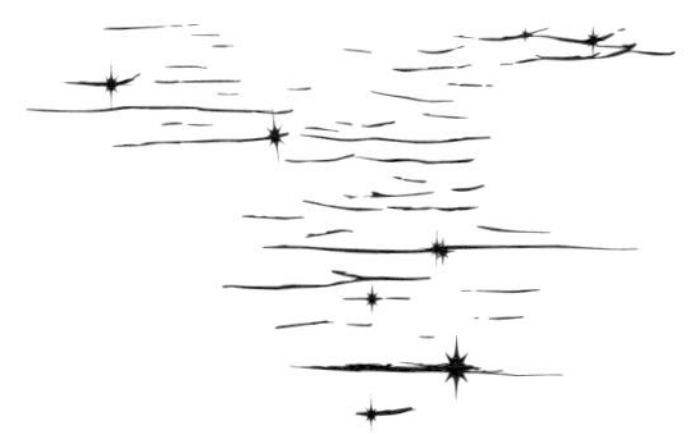

< 센터

　오늘날 우리 사회의 장애인 복지 시스템은 과거에 비해 비약적으로 발전했다. 장애 유형에 따라 전문적인 센터가 설립되고, 특히 농인들은 센터를 통해 방대한 정보를 접하며 든든한 보호를 받는다. 청각장애인에게 센터는 도움을 받는 곳을 넘어, 정보와 생활, 세상을 향한 눈을 뜨게 해주는 소중한 통로다. 「장애인복지법」에 명시된 자기결정권, 교육권, 사회 참여 및 정보 접근권이 이곳에서 실질적으로 보장된다. 센터는 농인의 의사소통과 사회 참여를 돕는 정책을 실행하며, 수어 교육을 통해 건청인과 농인의 교류를 잇는 가교 역할을 한다.

　또한 국가적 차원에서 수어의 사용과 발전을 지원할 의무를 실천하는 곳이기도 하다. 수어뿐만 아니라 문자, 음성 대체 방식 등 다양한 정보 접근 수단을 제공하여 농인의 문화를 더 깊이 이해하도록 돕는다. 이 과정에서 수어 통역사들의 헌신적인 노력은 절대적이다. 과거에는 상상

138

하기 힘들었던 이러한 세심한 지원 체계는 농인과 청각장애인의 삶에 실질적인 도움과 일상의 재미를 선사한다.

센터에서 제공하는 수어 통역 서비스는 관공서, 병원, 학교 등 농인의 발길이 닿는 모든 곳에 미친다. 통역이 필요한 곳이라면 어디든 통역사가 동행하여 농인이 사회의 벽을 느끼지 않고 편안하게 생활할 수 있는 환경을 조성한다. 뿐만 아니라 농인의 자립을 위한 개인별 활동 지원, 전문 상담 서비스 등도 센터에서 언제든 도움받을 수 있다. 특히 각 구마다 설치된 센터는 농인들의 접근성을 고려해 지리적으로도 편리한 곳에 위치하고 있어 든든한 이웃이 되어준다.

소통의 장벽 때문에 비장애인 사회에서는 마음껏 즐기기 어려웠던 취미 활동들도 센터 내 다양한 프로그램을 통해 경험할 수 있다. 이러한 프로그램들은 농인들 사이에서 인기가 매우 높은데, 단순한 체험을 넘어 자신의 존재감을 확인하고 자신감을 되찾는 소중한 기회가 되기 때문이다. 농인으로서 진정한 자신을 찾고 새로운 경험을 꿈꾼다면 망설임 없이 센터의 문을 두드려보길 권한다. 그 문 안에는 아직 경험하지 못한 드넓은 세상이 기다리고 있다.

〈 동아리 모임

요즘 젊은 세대를 보면 부러운 마음이 앞선다. 인터넷과 수어 통역 서비스를 자유롭게 활용하며 참으로 열정적으로 살아가고 있기 때문이다. 오늘날 청각장애인과 농인 사회는 권익 향상과 복지, 정보 교류를 위해 전국적인 네트워크를 구축하고 있다. 지역 협회와 연계하여 교육, 문화 사업, 각종 행사 등을 장기적으로 운영하며 회원들에게 풍성한 경험의 기회를 제공한다. 협회 회원으로 가입하면 뉴스레터나 행사 안내를 통해 다양한 일정에 참여할 권리가 주어지는데, 여기에는 문화 공연과 기념행사, 자조 모임 등이 포함된다.

한국농아인협회 산하 지역 지부에서는 커뮤니티 활동이 매우 활발하다. 사회 교육과 재활 교육은 물론, 회원이 직접 참여하는 소모임 프로그램도 다채롭게 운영된다. 수어 교실은 기본이며 체육대회, 가족 캠프, 문화 축제 등 소박한 동아리 활동처럼 시작해 대규모 행사로 이어지는 프로그램들이 많다. 이런 활동에 관심이 있다면 거주 지역의 협회에 연락해 자세한 안내를 받아보는 것이 가장 빠르고 정확하다.

특별한 경험을 원하는 이들을 위한 청각장애인 연극단도 있다. '사랑의 달팽이'에서 운영하는 연극단이 대표적인데, 공연 준비와 발표 과정을 함께하며 소통과 공감을 나누고 잃어버렸던 자아를 찾는 소중한 시간을 가질 수 있다. 연극에 필요한 모든 요소가 하나의 커뮤니티 안에서 이루어진다는 점이 매력적이다. 공식적인 조직 외에도 마음 맞는 사람들이 자발적으로 꾸린 비공식 모임들도 존재한다. 이러한 소규모 모임들은 주로 SNS나 장애인 복지관의 공지사항 등을 통해 소식을 주고받으며 끈끈한 유대감을 이어간다.

세상과 연결되고 싶다면, 한국농아인협회 공식 사이트에서 회원 가

입을 하고 뉴스레터나 행사 알림을 신청하면 된다. 지역 지부마다 월간 및 연간 행사가 빼곡하다. 수어 교실은 어디서든 쉽게 접할 수 있는 대표적인 교육 과정이다. 구체적인 일정이 궁금하다면 한국청각장애인협회에 문의해 도움을 받을 수 있다. 또한 페이스북에서 '한국농아청년회'를 팔로하면 젊은 감각의 소규모 모임 정보와 생생한 활동 영상을 손쉽게 접할 수 있다. 인터넷이 발달한 요즘, 조금만 관심을 가지면 나에게 맞는 소중한 인연과 활동을 얼마든지 찾아낼 수 있는 시대다.

‹ 종교

농인들만을 위한 교회와 성당은 그들만의 고유한 문화를 향유하는 특별한 공간이다. 농인 목사님이 집전하는 예배는 모든 소통이 수어로 이루어진다. 앞서 언급했듯이 농인들에게는 그들만의 문화가 있는데, 음성 언어인 구어가 아닌 수어가 중심이 되는 이 교회들은 농인 공동체에서 핵심적인 역할을 한다.

천주교의 경우, 과거에는 농인들만의 성당이 따로 없었다. 일반 성당에서 수녀님이나 수화를 배운 봉사자들이 통역해주는 미사가 전부였다. 하지만 점차 농인 성당이 생겨나면서 이제는 농인 신부님이 직접 집전하는 미사가 열리고 있다. 가톨릭에서는 신부님이 되기 위한 과정에서 건청인 신학생들도 필수적으로 수어를 배운다. 농인과 비농인의 벽을 허물기 위한 준비가 사제 양성 과정에서부터 이루어지는 것이다.

교회와 성당은 농인들에게 종교적 장소 그 이상이다. 한 주를 열심히 살아온 이들이 모여 마음의 여유를 찾고, 서로의 안부를 물으며 정보를 공유하는 소중한 쉼터이자 소통의 '장'이 된다. 소리 없는 기도가 손끝에서 피어나고, 그 진심이 서로에게 전해지는 이곳에서 농인들은 세상과 연결될 새로운 힘을 얻는다.

누구에게나 찾아오는 마음의 상처

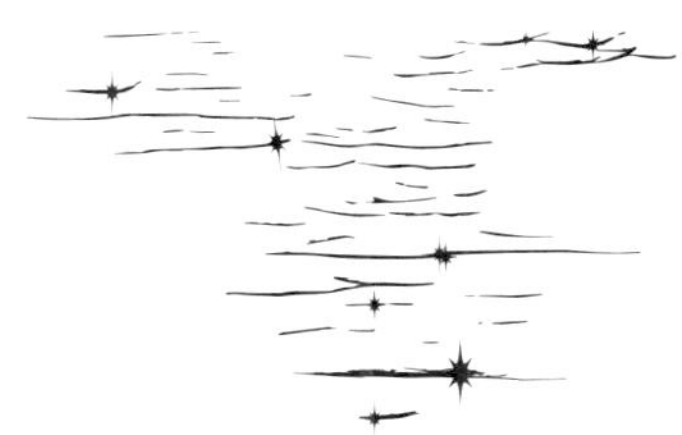

⟨ 스트레스는 사람을 힘들게 한다

나 역시 장애인이기에 앞서 사람이기에 때때로 스트레스를 받는다. 그럴 때면 남들처럼 음악을 듣고 싶지만 들을 수 없고, 이제는 나이가 있어 음악에 맞춰 격렬한 율동을 추기도 쉽지 않다. 미술관을 제외하면 세상 모든 곳이 음악으로 가득 차 있는 듯해 소외감이 들 때도 있다.

함께 바느질하던 선생님이 "샘은 바느질할 때 음악을 못 들으니 참 심심하시겠어요"라고 한 적이 있었다. 나는 웃으며 답했다. "음악이요? 마음으로 듣고, 가끔은 손으로도 듣죠." 휴대폰 뒷면에 손을 대면 전해지는 미세한 진동이 느껴진다. 우리는 마주 보며 웃음을 터뜨렸다. 소리는 머리가 아니라 몸으로도 느낄 수 있는 것이니까.

나는 스트레스를 풀기 위해 몸을 움직이는 일을 멈추지 않았다. 검도 1급 심사를 앞두고 발 부상으로 그만두긴 했지만, 수영은 끝까지 다 배웠고 자전거는 20년이나 탔다. 지금은 부상이 염려되어 멈췄지만, 그

열정만큼은 여전하다. 현재는 하루하루를 감사하며 평온하게 살아가고 있다. 누구에게나 자신만의 스트레스 해소법은 꼭 필요하다.

좋아하는 일에 몰입하는 시간은 힘든 날과 사건을 잊게 해준다. 좋아하는 일을 할 때면 비로소 내 마음이 숨을 쉬는 것 같다. 힘든 날일수록 좋아하는 일에 집중하다 보면, 세상이 이전보다 한결 부드럽게 보인다. 다이어트 중에도 하루쯤은 마음껏 먹는 날이 필요하듯, 쉴 틈 없이 달려온 사람에게도 누구에게도 방해받지 않는 온전한 휴식이 필요하다. 고생한 나에게 좋은 시간을 선물하는 것, 그것은 보통 사람인 우리 모두에게 꼭 필요한 의식이다.

삶의 무게를 잠시 내려놓고 기분 좋은 게으름도 피워보자. 거창할 필요는 없다. 그저 계산 없이 바느질하듯, 내가 즐거운 일을 찾아 하면 된다. 바쁜 현대 사회에서 배부른 소리라 할지 모르겠지만, 그래도 가끔은 쉬어가야 한다. 다른 누구도 아닌, 소중한 나를 위해서 말이다.

＜ 나를 지지해주는 사람

손안의 모래알은 손가락 사이로 속절없이 빠져나가지만, 씻어내지 않는 한 손바닥에는 끝내 반짝이는 은빛 흔적이 남는다. 내게는 그런 사람들이 있다. 내가 먼저 씻어내지 않는다면 언제까지나 내 편이 되어주고, 내 이야기를 묵묵히 들어주는 고마운 사람들이다.

마음이 힘들다고 살짝 내비치면 그들은 말한다. 이 지구상에 살고 있는 사람이라면 누구나 저마다의 짐을 지고 있다고. 부와 명예를 모두 가진 사람조차 나름의 고충이 있으며, 겉으로 보이는 모습이 전부는 아니라고 말이다. 우리는 그렇게 오랫동안 마음을 나눈다. 다 아는 말임에도 그들의 목소리는 언제나 따뜻한 위로가 된다.

강산이 두 번이나 변했을 20년이라는 세월 동안 그들은 한결같았다. 나를 동정 어린 시선이나 모자란 존재로 보기보다, 그저 조금 다른 사람으로 대하며 다가와주었다. 겉모습이 아닌 나의 내면을 바라봐주는 사람들. 바느질하며 세상사에 치이고 지칠 때면, 나와는 다른 길을 걷는 그 지인들에게서 받는 위로가 하루를 버티는 커다란 힘이 된다.

좋은 사람이 내게 오기만을 기다리지 말고, 내가 먼저 손을 내밀어보자. 용기 내어 다가간다면, 내 손바닥에 남은 은빛 모래알처럼 반짝이는 소중한 인연들을 반드시 만나게 될 것이다.

입장을 바꿔 생각해보았다. 만약 내가 들리고 상대가 들리지 않는다면 나는 그를 어떻게 대할까? 부끄럽게도 나 역시 말이 짧아질 것 같다. 긴 이야기를 나누기보다 간단히 요약해 전달할 것이고, 마치 아이를 대하듯 조심스러워질 것이다. 앞선 글들에서 나를 아이처럼 대하지 말라고 적었지만, 막상 그 입장이 되면 혼란스러울 것 같다. 하지만 분명한 것은 청각장애가 찾아온 시기와 사람마다의 상황을 살펴야 한다는 점이다. 서른이 넘어 장애를 입은 이에게 아이 다루듯 대하는 것은 그의 자존감을 깎아내리는 일이 될 수도 있기 때문이다.

그저 평범하게 대해주길 바란다. 알아듣고 못 알아듣고는 듣는 이의 몫으로 남겨두자. 소리가 들리지 않는다고 해서 지능까지 낮아지는 것은 아니다. 소통의 통로에 잠시 장애가 생겼을 뿐이다. 이 시간이 지나면 다른 감각으로 거듭난다. 후각이 예민해지고 보이지 않던 풍경이 비로소 보이기 시작한다. 타인의 기색이 아니라 주변 상황을 파악하는 눈치가 발달해 눈짓 하나로도 맥락을 읽어낸다. 그럼에도 행동이 더디게 보일 수 있는 것은 민첩하지 못해서가 아니라, 주변의 정보가 충분히 전달되지 않았기 때문이다. 쭈뼛거리는 것이 아니라, 확실한 신호를 기다리는 중임을 알아주었으면 한다.

나는 나 스스로를 위로하고 칭찬하며 이 세상에 살아남으려 애쓴다. 청각장애인은 사람들 속에 섞여 있어도 지독한 외로움을 느낀다. 혼자가 편하면서도 동시에 누군가와 함께하기를 갈망한다. 홀로 고립되는 순간, 영영 빠져나올 수 없는 어둠의 동굴로 빨려 들어갈 것만 같아서다. 타인과 단절된 채 숨어버리는 삶을 경계한다.

괜찮냐고 묻는 따뜻한 한마디에 굳게 닫혔던 마음의 문은 열린다. "들리지 않게 된 것이 네 잘못은 아니야. 내가 도와줄 테니 함께 가보자"라고 말해준다면, 다시 세상과 눈을 마주할 용기가 생길 것이다. 사실 우리는 알고 있다. 내가 어떻게 살아야 하는지. 다만 혼자라는 두려움에 길을 잃고 방황할 뿐이다. 잠시라도 곁을 지켜주는 가족이나 친구가 있다면, 그 공포를 이겨내고 사회로 걸어 나올 수 있다. 그리고 남이 해주는 말보다 더 중요한 것은 내가 나를 향해 던지는 힘내라는 응원이다.

그 이후의 삶은 오직 자신의 몫이다. 힘들더라도 타인에게만 기대려 하지 말자. 스스로를 칭찬하고 때로는 채찍질하며 나아간다면, 소리가 들리던 시절보다 더 밀도 있는 미래가 열릴 것이다. 어차피 사람은 늙으면 눈이 침침해지고 귀도 멀기 마련이다. 인생의 출발선은 공평하지 않았을지 몰라도, 마지막에 이르면 누구나 공평해진다. 신은 세상을 그렇게 설계했다. 생의 막바지에서 만나는 인간의 모습은 결국 똑같다. 건강과 잠잘 공간, 하루의 양식만 있다면 노년은 충분히 행복할 수 있다. 그러니 부디 어둠에서 나와 당신의 인생을 당당히 살아가기를 바란다.

＜존재 자체로 사랑받을 자격이 있다

인간은 저마다의 소질을 품고 태어난다. 손 하나 까딱할 수 없는 중증 장애를 딛고 우주의 진리를 알린 스티븐 호킹, 소리를 잃고도 불멸의 교향곡을 남긴 베토벤, 청각장애를 예술로 승화시킨 운보 김기창, 그리고 묵묵히 빛을 발하는 이름 모를 장애인 작가들까지. 장애는 삶을 불편하게 할 뿐, 꿈을 향한 의지까지 가로막지는 못한다.

장애인은 결코 무용한 존재가 아니라, 어쩌면 특별하게 선택받은 사람들이다. 몸의 어느 한 부분이 고장 났을 뿐, 존엄한 인간임은 변함이 없다. 우리 또한 스스로가 사랑받을 자격이 충분함을 잘 알고 있다. 누군가 따뜻한 손을 내밀어준다면, 그 온기를 날개 삼아 꿈을 향해 비상할 것이다. 지체장애인들의 단합이 기적을 일궈냈듯, 혼자 할 수 없다면 함께 하면 된다. 만약 장애가 내 삶을 갉아먹고 있다고 느낀다면 다시 생각해보자. 나를 무너뜨리는 것은 장애 그 자체가 아니라, 내 마음의 절망일지 모른다. 스스로를 일으켜 세우는 순간, 세상을 보는 눈은 완전히 달라진다. 장애가 찾아온 것은 피할 수 없는 운명이었을지라도, 태어난 모든 생명은 존재 자체만으로 사랑받을 가치가 있다.

비교는 나를 깎아내릴 뿐이지만, 나의 길을 가는 것은 나를 바로 세운다. 마흔한 살, 홀몸으로 사회에 첫발을 내디뎠을 때 나 또한 수없이 남과 나를 비교했다. 처음에 퀼트의 세계는 고소득 가정의 여유로운 이들로 가득했다. 당시 퀼트는 비싼 수업료와 재료비 탓에 서민들이 쉽게 넘보기 힘든 취미였다. 대학을 나오지도 않았고, 곁을 지켜줄 남편도 없으며, 가진 것이라곤 오직 이 몸 하나뿐이었던 나는 그들 틈에서 애써 당당한 척 앉아 있었지만, 마음속에는 늘 거친 소용돌이가 몰아쳤다.

작아 보이지 않으려 당당함을 가장했고, 초라한 마음을 들키지 않으려 무던히도 애를 썼다. 나와는 차원이 다른 그들을 마주하며 비교하지 않기란 불가능에 가까웠다. 화려한 모임을 마치고 돌아온 내 집이 유난히 초라해 보였던 날, 나는 비로소 정신을 차리고 피폐해진 마음을 돌려세웠다. 가질 수 없는 것에 욕심내지 않기로 했다. 비교는 나를 교육시키기는커녕 처참히 무너뜨릴 뿐이었다. 내가 갖지 못한 것에 미련을 두는 대신, 내가 가진 것들에 마음을 오롯이 가두기로 했다. 비로소 평화가 찾아왔다. 내 손에 바늘과 실이 있으니 내 길을 가면 그만이라는 마음으로 타인을 향한 부러움의 눈을 감았다. 사생활은 각자의 복일 뿐, 나는 나의 바늘땀에 집중하기로 했다.

4

나를 사랑하자

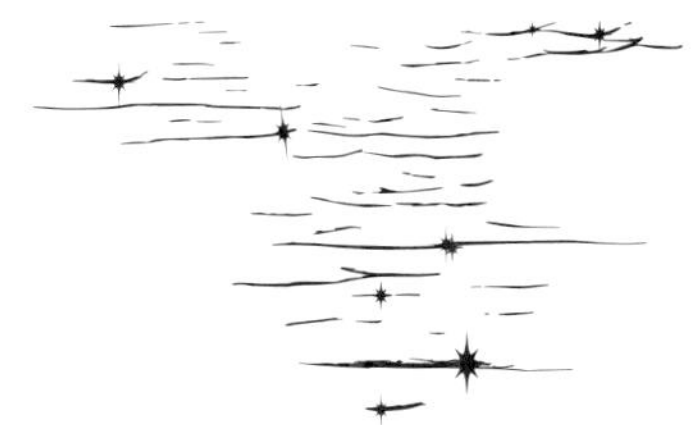

⟨ 나를 사랑하기

오랫동안 "자기 자신을 사랑하라"라는 말을 이해하지 못했다. 타인에게 사랑을 주는 법은 알아도, 정작 나 자신을 어떻게 대접해야 하는지는 몰랐기 때문이다. 세월이 흐른 뒤에야 비로소 깨달았다. 나를 사랑한다는 것은 나를 따뜻하게 보살피고, 아프지 않게 지키며, 잘 견뎌왔다고 스스로를 칭찬해주는 일임을. 차가운 세상으로 나를 내몰지 않고, 마음의 안정을 위해 스스로를 다독일 때 비로소 삶은 빛나기 시작한다.

순간의 쾌락이나 고통을 잊기 위해 몸에 해로운 것을 탐하는 행동은 결국 나를 더 비참하게 만들 뿐이다. 자기를 사랑하는 마음은 이기심이 아니라, 스스로를 존중하는 마음에서 나오는 용기다. 내가 나를 사랑할 때 마음은 단단해지고 세상은 따뜻해진다. 가끔은 거울 속 나에게 말을 건다. "내가 나여서 고맙다. 나를 지켜줘서 고맙다." 그 고백 덕분에 나는 오늘 하루를 또 견뎌낼 수 있다.

사람은 완벽할 필요가 없다. 실수와 부족함 또한 배움의 과정이며 내 삶의 일부다. 한때 나는 완벽함을 좇아보기도 했지만, 그 끝에는 버겁고 슬픈 추억만 남았다. 천재나 일류라 불리는 이들도 한 분야에 집중했을 뿐, 모든 면에서 완벽할 수는 없다. 나는 나에게 말한다. "장애가 있다고 좌절할 필요 없어. 실수는 배움의 과정일 뿐, 장애인이라서 하는 실수가 아니야." 불완전함을 받아들이는 용기가 때로는 완벽함보다 아름답다. 완벽함만 좇아 꿈을 자주 바꾸기보다는, 불완전한 현실을 딛고 좋아하는 일을 끝까지 밀고 나가면 결국 그 꿈을 현실로 만들 수 있다.

사람 사이의 건강한 경계는 멀어지기 위해서가 아니라, 서로의 공간을 존중하며 더 가까워지기 위한 거리다. 타인과 너무 가까워지면 오히려 경계가 무너져 멀어지게 된다. 나를 지키는 이 경계가 곧 사랑의 시작이며 용기다. 장애라고 해서 자신을 낮출 필요는 없다. 세상이 좋아졌다 해도 장애와 비장애 사이의 거리는 여전히 존재하지만, 그 거리를 넓히거나 좁히는 것은 결국 우리의 마음이다.

혼자 사는 삶은 누구의 간섭도 없지만, 스스로를 다잡지 않으면 금세 나태함에 도태되고 만다. 나는 나를 지키기 위해 절제를 선택했다. 남과 비교하는 마음, 먹고 입는 것에 대한 욕심을 버리고 오직 내가 해야 할 일에만 몰입했다. 거창한 시작은 아니었다. 그저 내가 할 수 있는 작은 일들을 꾸준히 해나갔다. 사소한 성공들이 쌓이자 마음의 근육이 붙고 삶이 달라지기 시작했다.

장애는 큰 장애물이 아니었다. 진짜 불편함은 알고 싶은 것을 알지 못하고, 듣고 싶은 것을 듣지 못하는 결핍에서 올 뿐이다. 내가 좋아하는 일에 몰두하며 느끼는 성취감은 장애의 존재마저 잊게 한다. 위대한 변화는 사소한 습관의 꾸준함에서 나온다는 진리를 믿으며, 나는 긴 시간의 아픔을 딛고 다시 태어났다. 이제 장애는 핑계가 될 수 없다.

＜ 가족과 소통하기

농인의 수어 학습과 성장에는 무엇보다 가족의 자세가 중요하다. 가족이 지지해주면 농인은 정서적 안정 속에서 자존감을 키우며 사회로 나갈 준비를 할 수 있다. 하지만 가장 가까우면서도 무심할 수 있는 존재 역시 가족이다. 과거 기성세대에게 장애인은 감춰야 할 수치였고, 장애인은 밖으로 나가 활동해서는 안 된다는 인식이 지배적이었다.

시대가 변했다. 이제 장애인도 사회의 일원으로서 당당히 일할 기회가 많아졌다. 그 변화의 첫걸음은 바로 가족의 응원이다. 가족 모두가 수어를 배우기란 현실적으로 쉽지 않겠지만, 단 한 사람이라도 수어를 익혀 소통의 창구가 되어준다면 큰 힘이 된다. 이때 대신 결정해주거나 과하게 도와줄 것이 아니라, 스스로 결정하고 독립적으로 생활할 수 있도록 지켜봐줘야 한다. 그래야 성인이 되었을 때 혼자서도 세상을 살아낼 수 있는 단단한 자존감을 만들어주기 때문이다.

세상의 침묵을 혼자 견뎌내는 것은 무척 고통스러운 일이다. 외부와 단절된 채 작은 성취조차 맛보지 못하면 편안함보다 불안함이 더 크게 자리 잡는다. 가정도 예외는 아니다. 가족들이 웃고 떠들 때 그 웃음의 의미를 혼자만 모른다면, 무언가가 가슴을 짓눌러오는 듯한 소외감을 느낀다. 가족이기에 오히려 더 불편할 수도 있다. 매일 마주하는 일상에서 소통의 벽을 반복적으로 확인하기 때문이다. 이때 건청인 가족이 먼저 상황을 설명해주고 소통의 노력을 기울여준다면, 청각장애인은 그 배려를 바탕으로 건강하게 성장해나갈 수 있다. 우리에게 필요한 것은 과도한 보호가 아니라 관심과 대화, 그리고 기다림이다.

장애를 이유로 그를 영원한 피보호자로 머물게 해서는 안 된다. 스스로 결정하고 참여할 기회를 주어야 한다. 나는 다행히도 어린 시절부터 들리지 않는 것은 행동하지 못할 이유가 되지 않으니 알아서 하게끔 독립심을 일찍 배웠다. 결혼 전에도, 결혼 생활 중에도 나는 그저 선택하고 결정하며 책임지는 한 명의 주체적인 인간이었다.

농인을 가족으로 둔 이들은 대개 모든 것을 대신 결정해주곤 한다. 하지만 시장이나 마트, 혹은 일상의 소소한 자리에서 실수하거나 답답한 상황이 생기더라도 스스로 해보도록 권해야 한다. 묵묵히 기다려주며 스스로 결정하게 돕는 것이야말로 그가 훗날 사회에 나가 당당히 자립할 수 있게 만드는 가장 큰 사랑이다.

⟨ 가족이 바라보는 청각장애의 나

결혼 전 부모님과 함께 살던 시절은 평화로웠다. 오빠나 남동생에게 여동생이자 누나가 소리를 듣지 못한다는 사실은 특별한 일이 아니었다. 유별난 배려도, 유난스러운 관심도 없었다. 그저 스스로 배우고 제 몫을 하며 살아야 했다. 세상 모든 것이 궁금해 "왜? 왜?"를 반복하던 내게 지친 가족들이 던진 "다음에 말해줄게"라는 말이 대답의 전부였지만, 일상은 들리든 말든 평범하게 흘러갔다.

온 가족이 모이는 저녁 식사 시간은 가족들에게는 정겨운 대화의 장이었으나, 내게는 결코 속할 수 없는 그들만의 리그였다. 맞벌이하시던 어머니는 부엌과 상머리를 분주히 오가며 식사를 챙기셨고, 아버지와 남매들은 밥상에 둘러앉아 이야기를 나눴다. 그 밥상머리에 장애인은 없었다. 그저 들리지 않는 딸이 있을 뿐이었다. 어쩌면 방관처럼 보였을 그 무심함은, 사실 세상으로부터 나를 지키기 위한 보호막이었을지도 모른다. 학교에 가지 못했던 내게 가정은 가장 안전한 도피처였고, 그 안에서 나는 홀로 독학하며 세상을 배워나갔다.

나를 만나기 위해 남편이 공들여 배웠던 수어는 정작 우리 부부 사이에서 쓰일 일이 없었다. 내가 수어를 할 줄 몰랐기 때문이다. 우리는 입술을 읽고 소리로 대화했다. 부부싸움을 한 다음 날에도 서로 얼굴을 마주해야 했다. 꼴 보기 싫고 짜증이 치밀어도, 화가 머리끝까지 났어도 얼굴을 봐야만 대화가 가능했기 때문이다.

얼굴을 마주 본다고 해서 곧바로 마음이 부드러워지는 것은 아니었다. 들리지 않기에 내가 할 수 있는 복수는 그저 눈을 감거나, 모른 척 등을 돌려버리는 것이 전부였다. 듣지 못할 뿐 사는 모습은 남들과 비슷했지만, 우리는 분명 평범하면서도 결코 평범하지 않은 부부였다. 그런 우리가 굴곡진 세월 속에서도 잘해낸 것이 있다면, 그것은 끊임없이 서로의 얼굴을 마주하며 이어온 수많은 대화였다.

장애란 신체의 어느 한 기능이 잠시 고장 난 것일 뿐, 그 기능 하나가 없다고 해서 삶이 멈추는 것은 아니다. 시각장애인은 보이지 않는 대신 청각이 예민하게 발달해 목소리가 아름답고 노래를 잘하는 경우가 많다. 그렇다면 청각장애인은 후각이 극도로 발달해 있으니, 술의 맛과 향을 감별하는 소믈리에나 전통주 감별사 같은 직업이 참 잘 어울릴 것 같다는 생각이 든다. 오직 향기에 집중하는 경험은 그 자체로 특별한 경쟁력이 될 수 있기 때문이다.

어떤 장애든 비장애인 가족이 먼저 나서서 응원해준다면 그 길은 훨씬 수월해질 것이다. 살아갈 이유를 찾기 위해, 혹은 진정한 나를 찾기 위해 불편한 몸을 이끌고 기꺼이 모험을 떠난다. 누군가의 도움이 있다면 더 좋겠지만, 설령 혼자라 해도 충분히 나아갈 수 있는 시대다. 장애를 이유로 멈춰 서지 말고, 자신이 잘하는 것을 발견해 가족과 함께 길을 찾는다면 그것이 곧 삶을 지탱하는 거대한 힘이 될 것이다.

〈 나는 무가치하지 않다

아무것도 이루지 못했고 삶의 방향도 목표도 없던 시절, 내가 아무런 가치 없는 사람처럼 느껴졌다. 청각장애라는 짐을 지고 가면서도 알량한 자존심 때문에 차마 도와달란 말을 내뱉지 못했다. 그저 누군가 텔레파시라도 통한 듯 안개 속을 걷는 내게 먼저 다가와 밝은 등불을 비춰주기만을 막연히 기다렸다. 하지만 먼저 손을 내밀지 않으면 아무것도 잡을 수 없다는 것을 깨닫고, 나는 결국 홀로서기를 선택했다.

퀼트를 시작하며 겪었던 침묵의 냉대와 무시는 이제 잊었다. 내가 결코 무가치한 존재가 아님을 스스로 깨달았기에, 더는 타인의 시선에 상처받을 필요가 없기 때문이다. 처음부터 거창한 목표를 세웠던 것은 아니지만, 묵묵히 길을 걷다 보니 어느덧 나는 이전보다 훨씬 단단하고 커다란 사람이 되어 있었다. 작은 목표라도 하나씩 해낼 때마다 나에 대한 긍정이 싹텄고, 그 믿음이 나를 지탱했다. 노력과 성장으로 나의 가치를 증명해낸 것이다. 퀼트의 모든 과정을 마치고 첫 전시회를 열었을 때의 그 벅찬 감격은 말로 다 표현할 수 없다. 해냈다는 성취감은 오직 겪어본 사람만이 아는 고귀한 기쁨이었다.

목표를 달성할 때마다 나 자신을 긍정했다. 나조차 불신했던 내 가치가 세상에 증명된 순간이었다. 역경과 무시, 굴욕감을 이겨내고 서 있는 이 자리는 나라는 사람이 일구어낸 가장 확실한 증거다. 살아낸 하루하루가 모여 충분히 가치 있는 사람이라고 말해주고 있었다.

장애를 가지고 산다는 것은 인정보다 부정을 먼저 배우는 과정이기도 하다. 별거 아닌 일에 예민해지고, 어울리지 못한다는 자책감에 소외감을 느끼며 스스로 상처를 주기도 한다. 공동체에서 무언가를 함께할 때, 장애인의 노력은 몇 배가 되어야 한다. 하지만 나는 그 고통을 아픔으로만 받아들이지 않기로 했다. 고통은 내가 성장하고 있다는 확실한 증거이기 때문이다. 퀼트가 아니었다면 평생 만나지 못했을 사람들과 작품으로 대화하고 전시회를 여는 지금, 나의 성취는 나 자신뿐만 아니라 타인에게도 나의 위치를 확인시켜준다.

그 첫걸음을 떼는 것은 무척이나 힘들었다. 사실 처음에는 하기 싫다는 마음이 더 강했다. 소통의 부재에서 오는 오해를 온전히 나의 몫으로만 돌리는 불편한 진실을 받아들이는 것도 고역이었다. 싸울 용기도, 대꾸할 자신감도 없던 내가 할 수 있는 일은 오직 침묵하는 것뿐이었다. 이상하게 바라보는 눈길들을 마주할 때마다 장애를 드러내는 것 같아 부끄럽고 고통스러웠다. 남들은 저만치 앞서가는데 뒤처진 채 눈치만 살피던 나는 몇 번이고 멈추고 싶었다. "내가 여기서 왜 이걸 하고 있지?"라는 질문이 끊이지 않았다.

하지만 오기가 생겼다. 끝까지 가보자고 결심했다. 수많은 시행착오 끝에 결과물을 보여주자 세상의 시선이 달라졌다. 고되고 능력의 한계에 부딪혀 절망도 맛봤지만, 결국 시작이 있으면 끝이 있다는 것을 알게 되었다. 내가 들리지 않으니 아무것도 못 할 것이라던 사람들의 편견 어린 얼굴을 뒤로하고, 나는 결국 작가가 되었다. 그 버거운 과정들이 역설적으로 내게 능력과 자신감을 선물해준 것이다.

퀼트는 단순히 바느질을 반복하는 지루한 작업처럼 보일지 모른다. 하지만 그 안에는 보이는 것보다 훨씬 깊고 복잡한 세계가 담겨 있다. 무엇을 어떻게 배우느냐에 따라 삶의 궤적은 완전히 달라진다. 소소한 취미로 안주할 수도 있었지만, 나는 용기를 내어 모든 과정을 이수하고 전문 작가의 길을 걷기로 결심했다. 그렇게 먼 길을 돌아, 나는 비로소 내 손으로 직접 나라는 사람을 빚어냈다. 퀼트 작가라는 이름은 결코 쉽게 얻어진 것이 아니다.

지루할 만큼 긴 시간이 나를 키워주었고, 불가능해 보이는 목표에 도전할 용기를 마음속에 심어주었다. 눈물과 고통이 한 땀 한 땀 서리지 않았다면 결코 이루어지지 않았을 꿈이다. 고단한 현실 속에서 꾸었던 그 꿈은 잠에서 깨면 사라지는 환상이 아니라, 이제 내 눈앞에 실재하는 찬란한 현실이 되었다.

이 배움은 단순히 기술을 익히는 과정이 아니었기에, 나는 더 큰 목표에 도전할 용기를 얻을 수 있었다. 청각장애인으로서 세상에 기여할 방법이 마땅치 않았던 시절, 나는 퀼트를 배워 비로소 온전한 '사람'이 되고 싶었다. 분명 사람으로 태어났음에도 때때로 사람이 아닌 것처럼 느껴졌던 시간들. 왜 그랬을까? 장애라는 굴레는 타인의 편견 어린 시선이 만들고, 나 자신이 그 시선에 갇혀버리며 완성된다.

무언가를 배우기 위해서는 오직 나의 강한 의지가 필요하다. 자신에 대한 흔들리지 않는 믿음, 어떤 풍파가 닥쳐와도 끝내 견뎌내겠다는 단단한 마음가짐 말이다. 장애는 때로 나를 죽이기도 하지만, 역설적으로 나를 다시 살리기도 한다. 내가 내 마음속의 두려움을 이겨내기만 한다면, 용기는 반드시 삶의 즐거움이라는 달콤한 보상을 가져다준다. 나는 오늘, 그 즐거움 속에서 다시 바늘을 든다.

5

스스로 배우고 말할 수 있도록
도와주기

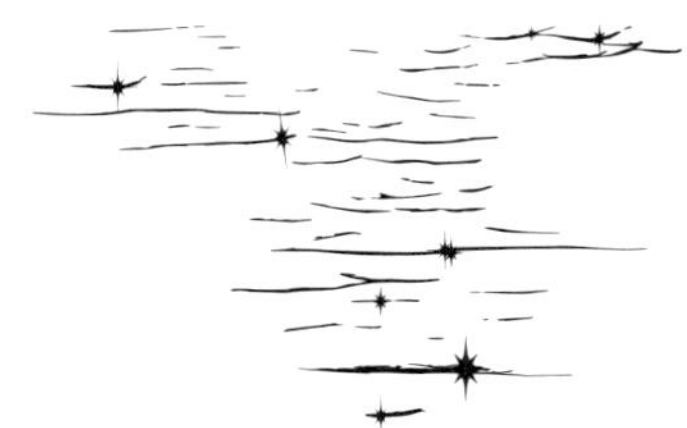

⟨ 정체성 찾아주기

어느 청각장애인 부부의 이야기를 들었다. 아이를 낳고 가정을 꾸려 살고 있지만, 정작 자신의 의지로 결정할 수 있는 것이 아무것도 없다고 했다. 소소한 지출은 부부가 의논하지만, 가전제품의 계약, 은행 거래, 아이의 교육 방향까지도 양가 조부모가 결정한다고 한다. 건청인 가족이 독자적으로 해결하거나 정해준 틀에 맞춰 살 뿐, 부부의 의견은 반영되지 않았다. 교육 문제로 갈등이 생겨도 수어와 구어 사이의 장벽 탓에 뜻이 제대로 전달되지 않아, 부부는 침묵하며 받아들일 수밖에 없었다. 결혼 전 부모의 과도한 보호가 결혼 후까지 그림자처럼 따라붙은 것이다.

자녀를 둔 성인임에도 스스로의 삶에 결정권이 없다는 것은 비극이다. 부모가 노년까지 이 부부의 모든 삶을 대신 살아줄 수는 없다. 진정한 도움은 대신 해주는 것이 아니라, 스스로 할 수 있도록 가르쳐주는 것

158

이다. 배우는 과정에서 동기를 찾고 시도하볼 기회를 주어야 한다. 한 사람의 인격체로 존중받으며 용기를 얻을 때, 그는 비로소 한 가정의 주인으로 성장하게 된다. 소리가 들리지 않는다고 해서 판단 능력까지 없는 것은 아니다. 인터넷을 넘어 AI가 세상을 돕는 이 시대에, 장애인이 정보를 얻고 살아가는 방법을 일러주는 것보다 더 훌륭한 배려는 없다.

나에게도 가족 안에서 겪은 아픈 기억이 있다. 결혼 전 우리 가족들은 장애가 있는 나를 평등하게 대해주었다. 하지만 나이가 들어 형제들이 결혼하고 사돈이라는 새로운 가족 관계가 형성되면서 상황은 달라졌다. 나는 양가의 큰 행사에 한 번도 초대받지 못했다. 그들은 나를 부르지 않았다. 한참이 지나서야 그 사실을 깨달았을 때의 마음은 무엇으로도 설명할 길이 없었다.

오랜 시간이 흐른 뒤 어머니와 대화하며 이 이야기를 꺼냈을 때, 어머니는 끝내 나직이 말씀하셨다. "말 못 해서 미안하다." 그 짧은 한마디에 모든 진실이 담겨 있었다. 가족들은 나를 사돈댁에 보여주고 싶지 않았던 것이다.

가족 중에 청각장애인이 있다면, 그가 나이를 먹고 가정을 이룬 뒤에도 한 가족의 구성원으로 온전히 챙겨주길 바란다. 들리지 않는다고 해서 은연중에 배제하거나 모르는 척하지 말자. 그는 한 명의 성인이며, 존중받아야 할 가족의 일원이다. 듣지 못한다고 해서 결코 모자란 사람이 아니다. 자유와 평등을 말하던 나의 가족조차 타인이 섞인 가족 관계 앞에서는 수치로 여겼다.

하지만 시대가 변했다. 지금의 젊은 부모들은 청각장애 자녀를 당당히 키운다. 함께 살아왔고 앞으로도 살아갈 사람으로서, 서로를 배제하지 않는 성숙한 관계를 맺어야 한다. 존중은 거창한 것이 아니라, 그를 한 명의 어른으로 대접하고 그의 자리를 마련해주는 것에서 시작된다.

〈 가정에서 배우기

가정은 아이가 사회로 나가기 전에 살아가는 방식을 배우는 첫 번째 학교다. 비장애인 아이가 부모와 형제 사이에서 자연스럽게 예절을 익히듯, 청각장애아와 농인 아이들도 가정 내에서 삶의 태도를 배워야 한다. 하지만 안타깝게도 장애 자녀를 둔 많은 부모가 교육의 책임을 특수학교에만 맡겨두곤 한다. 학교에서 지식은 배울 수 있을지 몰라도, 타인을 배려하는 예의범절과 단단한 자존감은 가정에서만 길러질 수 있는 것이다.

들리지 않는 아이가 문을 쾅 닫거나 식사하며 큰 소리를 낼 때, 무조건 지적하기보다 그 소리가 타인에게 어떻게 들리는지 인지시켜주어야 한다. "소리가 생각보다 크단다, 조금만 조심해볼까?"라고 알려줘야 한다. 나 역시 모임에 가면 늘 분위기를 먼저 살핀다. 이곳이 조용한 곳인지, 시끄러운 곳인지 파악하고 행동을 조심한 덕분에 지인들에게 이런 말을 듣기도 한다. "언니는 들리지 않으면서 어떻게 상황에 맞춰 말을 그렇게 잘해? 여기가 조용한 건 어떻게 알았어?" 청각장애인은 때와 장소를 가리지 못해 소리가 커지기 쉽다. 가정에서 배우는 세심한 배움들이 모여 비로소 한 사람을 품격 있는 지성인으로 만들어준다.

또한 장애인에게 건네는 질문의 결을 바꾸어야 한다. 무턱대고 "힘들지?"라고 묻기보다 "지금 네 마음은 어떠니?"라는 공감형 질문을 던져보자. 이미 힘겨운 시간을 견디는 이에게 힘들지 않냐고 묻는 것은 대답할 길 없는 막막함만 안겨줄 뿐이다. 그럴 때면 나도 모르게 "당신도 하루만 귀를 막고 살아보세요, 어떤가!"라는 말이 목구멍까지 차오르지만 꾹 참아내곤 한다.

장애의 유무를 확인하는 말보다 마음을 살펴주는 말로 대화를 시작한다면 기분은 한결 나아질 것이다. 어떤 장애를 가졌든 그에게 힘들지 않냐고 묻는 것은 실례를 넘어 그가 가진 장애를 다시금 낙인찍는 일밖에 되지 않는다. 신체 어느 한 곳이 불편할 뿐, 우리는 모두 똑같은 사람이다. 건강한 육체를 가지고도 세상을 비판하며 사는 이들이 있는가 하면, 불편한 몸으로도 성실히 하루를 일구는 우리가 있다. 장애인을 만난다면 한 번쯤 "지금 이 상황에서 네가 느끼는 솔직한 감정을 듣고 싶어"라고 말하면 어떨까.

＜ 본당 신부님의 조언

한때는 일상이 늘 불만으로 가득 찬 적이 있었다. 누군가의 도움이 절실히 필요했지만, 입 밖으로 내뱉지 못한 채 혼자 앓던 시간도 많았다.

그럴 때면 성당 신부님을 찾아가 고해성사를 빌미로 마음속 응어리들을 쏟아냈다. 종교가 주는 가장 큰 선물은 마음을 정화하고, 주어진 운명 안에서 최선을 다할 용기를 준다는 점이다. 미움보다는 사랑을, 복수보다는 용서를 배우며 나 자신조차 싫어지던 순간마다 스스로 되뇌었다. "누군가를 미워할수록 정작 힘들어지는 것은 나 자신이다." 그렇게 나는 나를 지키기 위해, 내 눈에 보이는 모든 세상을 사랑하기로 결심했다.

어느 해 고해성사 끝에 신부님께서는 내게 특별한 숙제 하나를 내주셨다. "미운 사람은 이제 그만 생각하고, 고마운 사람 세 명을 찾아보세요. 그리고 크리스마스에 선물의 가격이나 크기에 상관없이 당신의 진심을 전해보세요." 그날 이후 나는 매년 감사의 선물을 보냈고, 신기하게도 내 마음은 한결 편안해졌다. 보답으로 돌아오는 따뜻한 선물들은 내가 세상 속에 여전히 살아 있음을 확인시켜주었으며, 사람들의 기억 속에서 잊히지 않게 해주는 든든한 끈이 되어주었다. 선물의 액수는 중요하지 않았다. 고마움을 전한다는 그 마음 하나가 얼어붙은 관계를 녹이는 열쇠였다. 미혼 시절부터 나눔을 실천해왔지만, 내가 먼저 내민 손이 이토록 풍성한 인생의 선물로 되돌아올 줄은 미처 몰랐다.

나는 끊임없이 도전했고, 사회적 편견이라는 거대한 벽과 마주하며 불편함을 극복해왔다. 많은 청각장애인이 홀로 성장하며 자신의 분야에서 성공하기 힘든 이유는 소통의 부재 때문이다. 통역사가 늘 곁에 있을 수 없는 환경은 우리를 앞으로 나아가게 하기보다 뒤로 물러서게 만든다. 나는 기도할 때마다 "하느님, 저의 소리를 가져가셨지만 대신 세상을

깊이 읽는 눈과 오해보다 이해를 선택하는 마음을 남겨주셨군요. 이제
는 당신을 향한 원망을 조금 내려놓겠습니다"라고 감사한다.

두려움 속에서도 불편함을 견디고 인내하며 걸어온 끝에 나는 마침
내 편견을 이겨냈다. 세상 모든 사람이 호의적이지는 않았지만, 꼭 그들
이 나빠서가 아님을 이제는 안다. 편견은 사람을 주저앉게 하고 도전을
멈추게 하며, 장애를 '살아갈 가치가 없는 상태'로 오해하게 만든다. 때
로는 "여기는 네 자리가 아니니 들어오지 마라" 하는 거부처럼 들리기도
했다. 하지만 그것은 나의 부정적인 시선이 만든 환영이기도 했다.

나는 홀로 떠 있는 외로운 섬이어도 괜찮았다. 타인의 눈에 보이지
않는 존재여도 상관없었다. 중요한 것은 내가 그 험난한 길을 끝까지 걸
어와 스스로를 극복했다는 사실이다. 이제는 나를 향한 모든 시선을 넉
넉히 받아들인다. 마음의 내면에서 정상에 오르면 세상은 그저 아름답
게 보일 뿐이다. 얼마 남지 않은 인생의 길목에서 깨달은 것은, 비장애인
들이 우리를 보며 느끼는 우려나 소통의 오해 또한 그들의 평범한 습관
에서 비롯된 것임을 인정하는 여유다. 신부님의 말씀처럼, 하느님은 우
리 모두를 평등하게 만드셨고 누구에게나 똑같은 시간을 주셨다. 다만
그 삶을 어떻게 채워가느냐는 오직 나의 몫이다. 신체 한 곳이 고장 나서
느끼는 소외감과 고립감은 결국 본인 스스로의 힘으로 부수고 나와야
할 벽이었다. 10년째 이어온 크리스마스 선물은, 그 벽을 허물고 세상으
로 나아가는 나의 가장 탁월한 선택이었다.

〈 소리 대신 눈과 마음으로

세상을 느끼고 그것을 퀼트로 그려낸다. 무에서 유를 창조하는 작업은 소리 대신 눈과 마음으로 세상을 감각하는 과정이다. 시각장애인이 손끝으로 세상을 알아가듯, 청각장애인인 나는 온몸의 감각으로 형상을 그린다. 미술을 배운 적도, 색채의 조합을 공부한 적도 없지만, 나는 60년 생애의 경험을 실에 꿰어 작품을 만든다. 돌아보니 내 인생이 그리 슬프기만 했던 것은 아니다. 퀼트를 배우지 않았다면 상처받을 일도, 외롭다고 부르짖을 일도 없었겠지만, 무언가에 도전하지 않는 삶은 얼마나 무미건조했을까?

소리 없는 세상에서 느낄 수 있는 것이 어둠뿐이라 생각하던 시절이 있었다. 소통은 곧 능력이고, 관계를 이어가는 방법은 늘 한정적이었다. 퀼트 역시 바늘과 실만 있으면 된다고 생각하기 쉽지만, 결국 그 안에는 사람과의 관계가 씨실과 날실처럼 얽혀 있다. 나는 단순히 장애인으로 잘 살아가고 있다는 것을 보여주고 싶은 게 아니다. 존재 자체로 가치가 있다는 것, 그리고 내 삶이 누군가에게는 작은 용기가 될 수 있다는 것을 증명하고 싶다. 이 길의 끝에서 나는 비로소 느낌으로 퀼트를 표현하며 삶과 희망을 찾아 나간다.

들을 수 없다고 해서 희망마저 없는 것은 아니다. 어쩌면 내 결핍 속에서 더 간절히 찾아 헤매게 되는 건 희망 때문인지도 모른다. 주저앉아 기적을 기다리기보다 비틀거리더라도 직접 찾아 나설 때, 보이지 않던 길도 비로소 열린다. 희망은 귀로 듣는 것이 아니라 마음으로 느끼는 것이었으며, 멈추지 않는 한 '용기'라는 이름으로 나를 찾아온다. 나의 세상은 고요하지만, 드넓은 바다 위 홀로 빛나는 등대처럼 나는 눈에 보이는 빛을 향해 묵묵히 나아간다. 소리가 닿지 않아도 내 의지가 살아 있는 한, 나는 흔들리지 않는다.

고립과 우울, 불안 속에서 마음을 놓아버리고 싶던 순간도 수없이 많았다. 그러나 그때마다 흔들리는 마음을 다잡고 시행착오를 겪으며 20년을 걸어왔다. 홀로 걷는 청각장애인으로서 도달하기 힘든 이 자리에 내가 서 있는 것은, 나 자신을 믿었을 때 희망이 선물처럼 다가와주었기 때문이다. "나를 사랑하는 일은 가장 조용하지만 가장 깊은 치유다"라는 말처럼, 나는 나를 사랑함으로써 스스로를 치유하기 시작했다. 나 자신에게 전시회를 선물하고, 미술관을 순례하며 나의 기분을 살폈다. 있는 그대로의 나를 안아주며 속삭였다. 세상은 생각보다 차갑지 않다고, 따뜻한 미소가 여전히 많다고.

이제 나는 나를 더 이상 낮추지 않는다. 장애를 부끄러워하며 어깨를 움츠렸던 시간을 뒤로하고 당당히 허리를 편다. 장애는 나의 일부일 뿐, 결코 나의 전부가 될 수 없다. 고단한 길을 혼자 걷게 해서 미안했다고, 그리고 잘 견뎌주어 고맙다고 나 자신에게 인사를 건넨다.

실패를 두려워하지 말자. 실패는 인생이라는 길 위에서 예고 없이 찾아오는 손님일 뿐이다. 그 손님을 어떻게 대접할지는 오직 나의 몫이다. 실패는 나를 성공으로 이끄는 길잡이가 될 수도, 일어서야 할 이유를 가르쳐주는 스승이 될 수도 있다. 내가 못나서 혹은 장애가 있어서 실패가 찾아오는 것이 아니다. 누구에게나 찾아오는 미숙함이라는 손님을 잘 대접해 보내야, 비로소 성공이라는 귀인이 찾아오는 법이다.

소리가 닿지 않는 어둠 속에서도 나는 멈추지 않았다. 언젠가 남편이 했던 말이 있다. "청각장애는 하느님이 고난 없이 잘 살아가라고 주신 배려야." 그때는 코웃음을 쳤지만, 이제는 안다. 장애는 한계가 아니라 더 강해지는 과정이었음을. 퀼트를 통해 작가가 되었고, 나는 이제 사람과 세상 사이의 벽을 조금씩 넘어가고 있다. 길은 여전히 이어지고 있다. 그러니 두려워하지 말자. 실패와 상처는 누구에게나 오지만, 그것을 보석으로 빚어낼 기회 또한 누구에게나 열려 있으니까.

6

청각장애인이 보내는 메시지

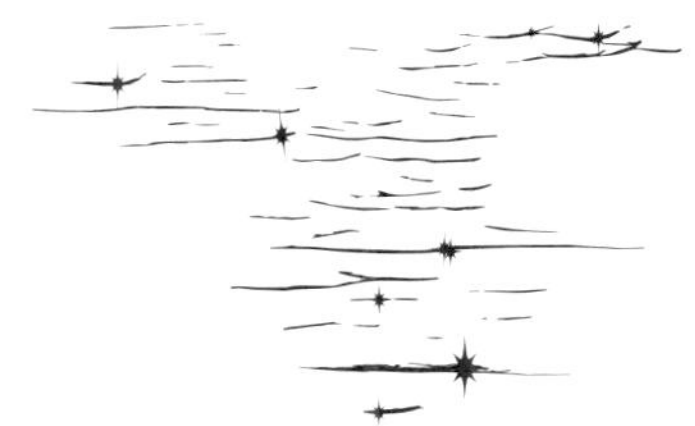

＜건청인

사람이 모인 곳에는 늘 좋아하는 사람과 싫어하는 사람이 공존하기 마련이다. 평생의 업인 퀼트를 배우고 작품을 만들며 깨달은 사실이 하나 있다. 다름을 이해하고 존중할 줄 아는 사람만이 함께라는 의미를 공유할 수 있다는 것이다. 소통은 일방통행이 아니라 쌍방의 발걸음이며, 두 손을 동시에 내밀어야 비로소 뜨겁게 맞잡을 수 있다.

건청인과 청각장애인의 경험은 태생적으로 다르다. 건청인이 의사소통의 벽 없이 자유롭게 바다를 헤엄친다면, 청각장애인은 대화의 흐름에 참여하는 것조차 벅찬 파도를 넘는 일이 된다. 그 과정에서 생겨나는 오해와 편견, 정보의 누락은 사회라는 거대한 장벽 앞에서 우리를 좌절하게 만든다.

하지만 여기서 잊지 말아야 할 가장 중요한 점은 능력의 차이가 아니라 소통 방식의 차이라는 점이다. 들리지 않는 것이 지적 능력이 부족함을 뜻하지 않는다. 단지 세상을 인지하는 방식이 다를 뿐이다. 청각장애인 중 많은 이가 한때는 소리로 소통하며 살았다. 소리가 사라지고 발음이 예전 같지 않게 되면서 건청인과의 거리가 생겼을 뿐, 우리는 본질적으로 같은 언어의 뿌리를 공유했던 이들이다.

누가 누구를 일방적으로 이해해주는 시혜적인 관계가 되어서는 안 된다. 서로의 상황이 달라졌음을 받아들이고, 다름 자체를 인정하는 데서 소통은 시작된다. 건청인 역시 청각장애인이 소리만 듣지 못할 뿐, 자신과 똑같은 사람이라는 사실을 부정하지 않는다. 다만 어떻게 다가가야 할지 그 방법을 모르기에 뒷걸음질 칠 뿐이다. 뒤에서 불러도 돌아보지 못하고, 앞에서 마주 봐도 소통이 어긋날 때 생기는 오해들이 편견의 벽을 쌓는다.

건청인과 청각장애인이 마음의 언어로 만난다면 소통은 결코 어렵지 않다. 소리가 닿지 않는 곳에서도 진심은 흐르기 마련이다. 서로 타인의 언어를 배우려 노력하고 눈빛과 손짓에 마음을 실어 보낼 때, 비로소 장벽 없는 세상에서 마주 볼 수 있다.

＜ 청각장애인

소리가 없어도 괜찮다고 가끔은 나 자신에게 거짓말을 한다. 사실은 전혀 괜찮지 않았다. 소리를 잃었을 때, 마치 지구에서 이름 모를 행성으로 툭 떨어진 것만 같았다. 무섭고 두려운 암울한 미래. 내일은 또

어떤 세상이 나를 덮쳐 올까 생각하면 숨이 막히고 어디론가 숨어들고만 싶었다. 하지만 이제는 말할 수 있다. 당장은 세상이 무너질 듯한 고통이겠지만, 세상은 어떻게 들리느냐보다 어떻게 살아가느냐가 훨씬 더 중요하다는 것을.

청각장애인에게 진정으로 필요한 것은 잃어버린 소리가 아니라, 내가 무엇이든 할 수 있다는 가능성이다. 세상을 느끼는 새로운 감각을 익히다 보면, 삶의 길이 하나만이 아님을 깨닫게 된다. 내가 잘하는 것, 좋아하는 것을 찾기에 현대 사회는 장애인에게도 충분한 기회를 열어주고 있다.

침묵 속에서도 삶은 충분히 아름다울 수 있다. 우리 청각장애인은 그 침묵의 깊이를 누구보다 잘 안다. 마음의 소용돌이만 가라앉힌다면, 고요함이 주는 평온과 아름다움을 비로소 사랑하게 된다. 때때로 사회의 소음들이 나를 괴롭히기도 하지만, 산과 들에서 만나는 자연은 소리 없이도 내게 탄성이 터져 나오는 경이로움을 선사한다. 우리는 부족한 사람이 아니다. 다만 남들과는 조금 다른 언어로 세상을 읽고 있을 뿐이다. 소리 없는 세상이라 해서 꿈과 능력이 사라지는 것은 아니다. 오히려 침묵 속에서 그것들은 더 크게 자라나고 선명하게 빛난다. 소리가 없어도 나는 여전히 나이기에, 삶은 그 자체로 충분히 찬란하다.

청각장애인들끼리 만나 짧은 수어와 구화로 대화를 나눌 때, 비로소 완전한 자유와 행복을 느낀다. 생각의 깊이는 비장애인들과 다를 바 없다. 단지 대화의 방식이 달라 어울리는 데 서툴 뿐이다. 그래서 나는 동료들에게 수어를 배우라고 권하고 싶다. 소통의 도구를 갖추는 순간 삶은 훨씬 즐거워진다. 알량한 자존심은 내려놓고, 그 자리에 단단한 자존감을 채워 사회로 나아가보자. 내가 꿈꾸던 미래는 생각보다 훨씬 빨리 눈앞에 나타날 것이다.

⟨ 농인

농인들은 그들만의 독자적인 문화 속에서 삶을 일궈간다. 같은 소리의 부재를 겪고 있지만, 내가 그들을 온전히 다 안다고 말하기는 어렵다. 알지도 못하면서 그들의 이야기를 꺼내는 것이 혹여나 왜곡된 시선이 될까 조심스럽기도 하다.

청각장애인과 농인은 아픔의 결이 다르다. 소리 가득한 사회에서 살다가 소리를 잃은 이들은 좌절에 가까운 상실감을 느끼지만, 농인들에게 '언젠가 들린다면 하고 싶은 것을 마음껏 해보고 싶다'는 순수한 열망에 가깝다.

농인들은 건청인 사회 속에 섞여 살면서도, 그들만의 언어와 문화를 구축해 평화로운 세상을 공유한다. 수어 통역사의 도움을 받아 건청인과 소통하곤 하지만, 대개는 생존을 위한 필수적인 소통에 그치기 마련이다. 건청인과 농인 사이의 소통이 어려운 이유는 언어 때문만이 아니다. 소리로 얻는 정보와 눈으로 얻는 정보 사이에는 생각의 깊이와 해석의 차이가 크기 때문이다.

농인들은 문자를 읽을 줄 알아도 그 속에 담긴 비유나 함축적인 뜻을 완벽히 이해하는 데 어려움을 겪기도 한다. 이는 지능의 문제가 아니다. 소리로 전달되는 방대한 정보의 자극을 충분히 받지 못해 지적 확장의 기회가 제한되었을 뿐이다. 수어로 전달되는 명료하고 직접적인 소통만이 그들의 진심을 온전히 담아내는 그릇이 된다.

그들은 그들만의 문화를 만들었고, 소통의 장벽이라는 불편함 속에서도 나름의 평화를 유지하며 일상을 살아간다. 그 평화를 방해하기보다, 그들이 가진 독특한 문화를 존중하며 그 장벽을 조금씩 낮추는 방법을 고민해야 한다.

＜우리들은 소중하다

인간의 가치는 들리는 능력에 의해 결정되지 않는다. 장애가 있든 없든 우리는 소중하다. 소리를 듣는 방식은 달라도 마음의 울림은 같기에, 들리지 않는 세상을 저마다의 특별한 빛으로 채워갈 수 있다.

장애인은 연민이 필요한 특별한 존재가 아니라, 이 사회를 함께 지탱하는 당당한 구성원이다. 인간의 존엄과 가치는 누구에게나 평등하게 적용되어야 한다. 사회가 지체장애인의 이동권과 평등권을 인정하기 위해 노력해왔듯이, 청각장애인과 농인의 언어권과 인권 또한 소중히 여겨야 한다. 진정한 평등이란 우리 모두가 각자의 모습 그대로 소중하다는 사실을 온 사회가 깊이 공감하는 데서 시작되기 때문이다.

6장

삶은 선택이 아니라 살아가는 것

1

궁극적인 목표를 향해
아직도 뛰고 있다

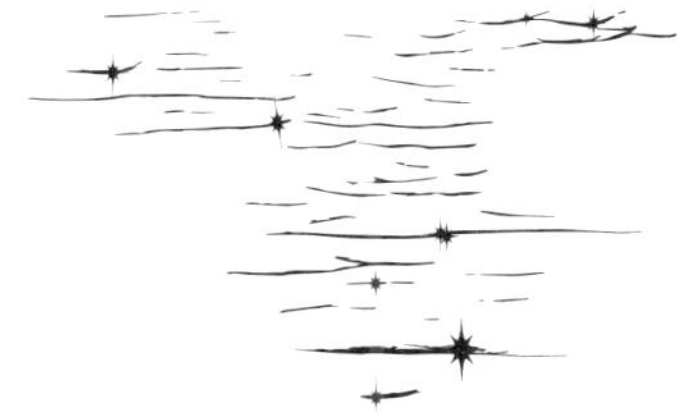

✑ 내가 소중히 여기는 가치

관계의 시작은 마음에서 비롯된다. 신뢰도 중요하지만, 나는 삶의 모든 순간에 진심으로 임하고자 노력한다. 꾸밈없는 마음과 조건 없는 태도로 사람을 대할 때 진심은 비로소 전달된다고 믿기 때문이다. 나는 말보다 행동으로 자신을 이야기한다. 언젠가 드러날 거짓된 언행은 애초에 하지 않기로 스스로 다짐했다. 누군가에게 미움받는다는 것이 곧 신뢰를 잃는 일임을 알기에, 나의 내면과 외면이 일치하는 순간 비로소 나다운 존재로 태어난다. 생각과 말이 하나가 되는 정직한 나를 나는 존중한다.

존중이란 상대를 나와 같은 입장으로 바라보는 마음이다. 누가 더 낮고 더 부족한가를 따지는 것이 아니라, 서로의 다름을 있는 그대로 인정하고 배려하는 것이 존중의 핵심이다. 거창한 것이 아니라 말투와 시선, 작은 배려 하나에도 존중은 스며든다. 오해보다는 이해가 낫고, 이해

175

보다는 존중이 더 큰 울림을 준다. 뿌리 깊은 곳에서 우러나오는 평등은 서로의 다름을 인정할 때 비로소 가치를 발하며, 그제야 사람은 사람을 있는 그대로 바라보게 된다. 청각장애인이라는 이유로 사람 대접을 받지 못했을 때, 나는 그 사람의 머리 위에 벼락이 꽂히길 기도할 만큼 깊은 상처를 입기도 했다. 내가 존중받고 싶다면 나 또한 타인을 존중해야 하며, 그 존중은 반드시 나에게로 돌아온다는 진리를 잊지 않으려 한다.

느리지만 결코 멈추지 않는 것, 그것이 나의 꾸준함이다. 아무리 더뎌도 오늘 한 걸음을 걷는 것을 포기하지 않는다. 재능은 무언가를 시작하게 하는 본질일 뿐이지만, 꾸준함은 재능이 부족한 자리마저 채워 결국 끝까지 가게 만든다. 시작하는 사람은 많아도 끝까지 가는 사람은 드문 세상에서 꾸준함은 가장 강력한 무기가 된다. 느림은 결코 후퇴가 아니다. 내가 쌓아온 모든 시간은 결국 작품이 되어 나를 표현해준다. 꾸준함은 소리 없는 발걸음으로 조용히 걸어가지만, 그 결실은 세상에 아주 큰 소리로 다가온다. 알아주는 이가 없어도, 가끔 확신이 흔들려도 묵묵히 가다 보면 내 길이 옳았음이 증명된다. 조금 늦어도 괜찮다. 꾸준함은 재능보다 강한 힘을 가졌으니, 그저 앞을 보고 걷자. 느리더라도 우리가 도착해야 할 목적지는 분명히 존재하니까.

삶을 살아가며 홀로 성장하는 존재는 없다. 성장은 늘 함께 이루어야 하는 일이다. 그 시작에는 부모님이 있고, 학교에는 선생님이, 사회에는 동료와 수많은 관계가 있다. 친구 역시 내가 자라나는 길목에서 든든한 동행자가 되어준다. 혼자 크는 것 같지만, 결코 홀로 자라지 않는다.

성장은 우리라는 울타리 안에서, 아무도 모르는 순간에 조금씩 싹을 틔운다.

성장이란 결국 어제의 나를 넘어서는 일이다. 숱한 실패와 두려움 속에서도 가장 중요한 것은 멈추지 않는 마음이다. 어제보다 한 뼘 더 자란 오늘을 귀하게 여기는 마음이다. 아무도 모르는 사이 조금씩 나아가고 있는 자신을 발견할 때, 비로소 나를 넘어서는 용기가 생긴다. 느려도 괜찮다. 성장은 타인의 보폭이 아닌 오직 나의 속도에 맞춰 이루어지는 것이기에, 늦게 간다고 조급해할 필요는 없다. 걷다 주저앉아도 좋고, 뛰다 돌부리에 걸려 넘어져도 좋다. 다시 일어나는 그 찰나의 순간, 또 다른 성장은 이미 시작되고 있기 때문이다.

소리가 닿지 않는 고요한 세상 속에서도 나의 성장은 멈추지 않는다. 장애는 삶을 가로막는 한계가 아니다. 오히려 나를 더 깊은 성장의 세계로 이끌고 밀어주는 강인한 동력이다. 나는 오늘도 그 힘을 믿으며, 어제보다 조금 더 넓어진 나를 만난다.

⟨ 퀼트는 직업이자 취미

나는 책을 사랑한다. 나를 구원한 것은 책이었다. 책장을 펼치는 순간, 세상의 소음은 사라지고 오직 평화만이 찾아왔다. 글을 배웠기에 책을 즐길 수 있었고, 책이 있었기에 고통 속에서도 성장하려 노력하는 지금의 내가 존재한다.

내가 사는 빌라 5층은 엘리베이터가 없다. 짐이 많을 때는 아쉬운 마음도 들지만, 매일 계단을 오르내리는 수고로움이 건강을 지켜준다는 긍정적인 마음으로 욕심을 잠재운다. 계단 끝 내 집의 거실 문을 열면 아파트 발코니보다 넓은 정원이 펼쳐진다. 옥상은 아니지만 옥상 같은, 나만의 비밀 정원이다. 햇볕이 잘 들고 시원한 바람이 부는 이곳에 인조 잔디를 깔고 커다란 천막 지붕을 얹으니 천국이 따로 없다. 라일락, 장미, 철쭉이 피어나는 봄이면 온 정원이 풍요로움으로 가득 찬다. 야외 의자에 앉아 멀리 용마산 산마루를 바라보고 있으면, 울적했던 마음도 어느새 산들바람에 씻겨 내려간다.

일기는 아주 어릴 적부터 써온 나의 일과다. 글쓰기는 즐겁다. 나를 기록하며 나를 알아가는 일은 퀼트만큼이나 소중하다. 퀼트가 취미에서 직업이 되었다면, 이제 글쓰기는 퀼트를 잠시 벗어나 즐기는 가장 큰 휴식이다. 연필로 편지를 쓰고 노트북 키보드를 두드려 글을 쓰는 동안, 하루는 담담하고 지루할 틈 없이 흘러간다. 슬플 때는 시를 읽고, 사람이 그리울 때는 사람 냄새 나는 에세이를 읽으며 타인의 삶에 공감한다.

이제 세상은 나를 예전처럼 바라보지 않는다. 장애가 아닌 실력을 먼저 본다. 높은 곳에 올라와 보니 비로소 평등이 내 앞에 있었다. 그들은 나를 장애인이 아닌 동료 작가로 대우한다. 나는 여전히 현역이며, 글을 쓰며 나 자신을 이겨냈다. 이제는 억지로 사람을 찾아다니지 않는다. 나만의 자리를 굳건히 만들었기에, 그 안에서 내 일에 집중하는 평온한 생활이 시작되었다.

세상의 중심에서 조금 비껴간 삶이었을지라도, 나는 충분히 잘 살아가고 있다. 고단했던 시간을 견뎌온 나 자신에게 줄 수 있는 최고의 선물은 오늘도 한층 더 멋진 작품을 만들어내는 일이다. 잔잔하고 여유로운 마음으로, 나는 오늘도 나의 길을 걷는다.

〈 청각장애인의 자율성

○ 자기 통제와 절제: 무너지지 않는 나를 만드는 힘

내가 삶을 대하며 가장 중요하게 여기는 원칙은 절제다. 어떤 일을 겪든 스스로를 통제하려 노력하는 이유는, 자칫 청각장애라는 이유로 자기연민에 빠져 삶을 무의미하게 흘려보내지 않기 위해서다. 홀로 사는 삶일수록 단단한 규칙이 필요하다. 마음과 육체의 병은 대개 흐트러진 일상에서 오기 때문이다. 내 몸의 일부가 제 기능을 하지 못해 자율성을 완전히 누리지는 못하지만, 그것이 한 인간의 독립을 향한 발버둥을 막지는 못한다. 소리가 나를 통제한다면, 그 소리의 통제에서 벗어나면 그만이다. 소리에 집착하고 연연해한다면 삶은 결코 내 편을 들어주지 않는다. 들리지 않아 매끄럽지 못한 대화는 그냥 인정해버리자. 가슴에 담아 되새기기보다 비워내고 잊는 것이 정신 건강과 여유로운 삶을 위한 최고의 선택이다.

○ 진정한 자유: 소리의 어둠에서 시선의 빛으로

청각장애인에게 자유란 무엇일까? 기계나 타인의 도움 없이 오롯이 나의 언어로 소통하는 것, 오페라의 웅장함을 온몸으로 만끽하는 것이 소원 같은 자유일지도 모른다. 그러나 진정한 자유는 내가 좋아하고 즐기는 것에서부터 시작된다. 타인과 똑같아지려고 애쓸 필요는 없다. 소리를 잃었다고 해서 눈에 들어오는 빛까지 어둡게 볼 필요가 있을까? 전화 대신 영상으로 소통하고, 발음이 어눌하거나 잘 들리지 않는 상황에서도 자아 상실감을 느끼지 않는 여유, 그것이 내가 생각하는 진정한 자유다. 장애가 신의 축복인지까지는 모르겠으나, 존재 자체로 인정받을 가치가 있다는 사실은 분명하다. 아프면 아픈 대로, 슬프면 슬픈 대로, 지금 서 있는 그 자리에서 다시 일어서는 모든 청각장애인을 응원한다.

○ 자기연민을 거부하다: 동정이 아닌 존중의 눈높이로

타인이 나를 동정할 수는 있어도, 나 자신마저 나를 동정하고 싶지는 않다. 불쌍하다거나 안됐다고 바라보는 시선은 한 사람의 삶을 오직 결핍으로만 규정해버린다. 그 안에 숨겨진 능력, 노력, 성취는 보지 못한 채 오직 장애만 남겨두는 것이다. 이런 시선은 청각장애인의 자존감을 무너뜨리고 삶의 의욕을 앗아간다. 그러니 내가 먼저 자기연민의 늪에 빠지지 말자. 타인은 나를 모르지만, 나는 나를 잘 알고 있다. 도와줘야 할 보호 대상이 아니라 동등한 사회 구성원으로 나를 대하는 이들과 마주하자. 동정은 위에서 아래로 내려다보는 시선이지만, 존중은 같은 눈높이에서 마주 보는 시선이다. 우리에게 필요한 것은 연민이 아니라 동등한 관계다.

○ 고유한 시각: 소리 대신 맥락을 읽는 눈

소리가 사라진 후, 나의 눈은 더 많은 일을 하기 시작했다. 시각은 청각보다 훨씬 방대한 정보를 한꺼번에 처리한다. 나는 상대의 말을 듣기보다 상황과 분위기를 먼저 읽는다. 사람들의 표정이 부드러우면 음악이 감미롭다는 것을, 격양된 표정에서는 소리의 높낮이를 짐작한다. 장애가 불러온 이 특별한 습관은 소리를 결로 읽게 해주었다. 사방의 소음이 건청인들의 뇌에는 무의식적으로 저장되지만, 내게는 흔적 없이 사라진다. 하지만 나는 멈추지 않는다. 놓친 의미들을 추적하고, 공간의 분위기를 유추하며 대화로 들어간다. 허기를 채우기 위해 심리학 책에 빠졌던 적도 있지만, 이제는 안다. 나의 시각으로 본 세상은 결핍된 세계가 아니라, 다른 감각으로 풍성하게 채워진 아름다운 세계라는 것을.

○ 타인에게 주는 영감: 존재만으로도 누군가의 위로가 되는 삶

장애인은 늘 도움을 받기만 하는 존재로 각인되곤 한다. 하지만 우리가 열심히 살아가는 모습 그 자체가 누군가에게는 큰 힘이 된다. 새벽 시장에서 땀 흘리는 상인들의 노동이 우리에게 감동을 주듯, 불편한 신체로도 자신의 자리를 지키는 우리의 삶은 타인에게 깨달음을 주기도 한다. 사지가 멀쩡해도 인생이 고달프다 말하는 친구에게 나의 평범한 일상은 대단한 성취로 비치기도 한다. 타인의 시선에 일희일비할 필요는 없다. 그저 오늘을 열심히 살다 보면, 나도 모르는 사이에 나의 존재가 누군가에게 삶을 지탱하는 위로가 될 수 있다는 사실을 기억하자.

○소통의 창의성: 보이지 않는 연결을 만드는 감각

농인이 수어라는 고유한 문화 체계 안에서 완결된 소통을 한다면, 중도에 소리를 잃은 청각장애인은 기존 사회의 언어 구조 안에서 의미를 재구성해야 한다. 나는 이것을 소통의 창의성이라 부른다. 잘 들리지 않는 대신 표정, 몸짓, 눈빛, 공간의 분위기를 동원해 대화의 맥락을 짚어내는 능력이 내게는 있다. 건청인들이 소리라는 도구를 쓸 때, 나는 온 감각을 동원해 관계를 유지하려 노력한다. 소통은 단순한 기술이 아니라 마음을 전달하려는 의지다. 다만 오해는 없길 바란다. 건청인에게 침묵은 대화의 일부일 수 있지만, 청각장애인에게 예고 없는 침묵은 거절이나 무시로 다가올 수 있다는 것을. 우리는 오늘도 보이지 않는 선을 잇기 위해 창의적으로 소통하고 있다.

＜목표는 바뀔 수 있다

아이들의 꿈이 매일 바뀌듯, 어른의 목표도 때로 변할 수 있다. 한 가지 목표에만 매달리지 않아도 괜찮다. 나 역시 청각장애라는 한계에 부딪혀 꿈을 포기해야 했던 순간이 있었다. 나이가 들며 나의 능력치는 무한하다 느꼈지만, 세상의 소통 앞에서는 무력해지기도 했다. 하지만 한곳에 머무는 것은 자신을 가두는 일이기에, 목표를 그때그때 바꾸기로 했다. 중요한 것은 목표의 완벽함이 아니라 멈추지 않는 마음이다.

혼자 사는 청각장애인으로서 지금 나는 참 잘살고 있다. 퀼트를 배워 작가가 되었고, 사람들과 교류하며 인생의 풍요로운 막바지를 보내고 있다. 이제는 돈보다 건강을 먼저 챙기고, 타인의 인정을 갈구하던 마음을 거두어 나 자신을 보살피며 산을 오른다. 집 앞 산과 숲은 가장 좋은 친구가 되어준다. 돌이켜보면 내 모든 시간은 그 자체로 의미가 있었다. 들리지 않는 세상을 건너온 이 인생이 생각보다 그리 나쁘지만은 않았다. 내가 나를 불행하다 여겼던 순간에도, 누군가는 나의 단단한 삶을 부러워했을지도 모른다.

삶은 끝까지 살아봐야 비로소 알 수 있는 법이다. 젊은 날의 행복이 노년의 평화를 보장해주지 않듯, 내 젊음은 몸과 마음의 고생으로 점철된 연속이었으나 나의 늙음은 이토록 평화롭다. 자식은 없어도 현재의 삶에 만족한다. 들리지 않는 사실은 이제 내게 아무런 문제가 되지 않는다. 사람들은 나의 다름을 인정하며 기꺼이 얼굴을 마주한다. 청각장애인으로 살아온 나의 모든 기록, 그것은 나의 이야기이자 나를 지탱하는 힘이다. 청각장애인으로 살고 있는 지금의 나, 그 존재만으로 나는 이미 완전하다.

인생은 나만의 목소리와 목표를 찾아가는 기나긴 여정이다. "나이가 들면 지혜로워진다"는 어른들의 말을 젊은 시절엔 이해하지 못했다. 청각장애로 고군분투하던 내게 어르신들의 경험담은 그저 잔소리일 뿐이었다. 그러나 그 자리에 서보니 이제야 그 마음이 보인다. 부모가 되어야 부모 마음을 안다는 말처럼 말이다. 진정한 나의 목소리는 삶의 경험이 켜켜이 쌓여 자연스럽게 드러나는 나의 모습이다.

인생은 정답을 찾는 시험지가 아니라, 나만의 길을 그려가는 과정이다. 스스로를 이해하고 성장시키다 보면 삶의 갈증에 대한 답은 저절로 찾아온다. 모진 세월은 두부처럼 무르던 나를 차돌처럼 단단하게 빚어주었다. 나를 깨닫고 스스로를 견고하게 빚어냈을 때, 비로소 환한 햇살 속에서 진짜 나를 만났다. 나의 목소리를 찾아가는 이 여정은 용기가 필요했고, 행동이 뒷받침되어야 했던 치열한 삶이었다. 그리고 마침내, 나는 나만의 길 위에 우뚝 섰다.

2

친구들에게 전하는 마음

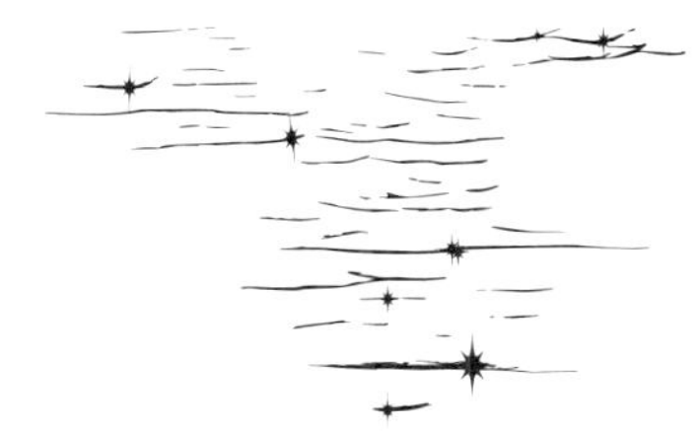

누구의 이야기를 먼저 들려주어야 할까요? 특정한 한 사람을 지목하기보다, 제가 걸어온 굽이진 길을 묵묵히 함께해준 소중한 인연들을 떠올려봅니다. 나이와 세대를 넘어 친구이자 동료로, 때로는 아낌없는 조언과 위로를 건네준 나의 천사들. 웃음과 감동의 눈물을 선물해주던 그 얼굴들을 하나하나 그려봅니다. 퀼트를 통해 맺은 수많은 인연 중에서도 마음을 깊이 나눈 이는 드물었지만, 오히려 다른 분야에서 만난 인연들이 제 삶의 빈자리를 채워주었습니다. 인연이란 억지로 잇는다 해서 이어지는 게 아님을, 자연스럽게 흐르다 보니 어느덧 20년이라는 긴 세월을 함께 오게 되었음을 새삼 깨닫습니다.

오늘은 당신들에게 제 마음 깊은 곳의 이야기를 들려드리고 싶습니다. 청각장애가 있어 모든 것이 서툴기만 했던 저를 편견 없이 대해주던 당신들. 그 이질감 없는 대화와 사소한 배려가 제게는 살아갈 용기가 되었고, 힘겨운 시간을 버티게 한 동력이었습니다.

막상 글을 쓰려니 목이 메어옵니다. 떠오르는 생각은 파도처럼 밀려오는데, 글로 다 표현하려니 마음만큼 쉽지가 않네요. 소리를 들을 수 있다면 제 진심을 목소리로 녹음해 들려드리고 싶은데, 글도 마음도 제 뜻대로 흐르지 않아 안타까운 밤입니다. 하지만 제가 기억하는 것은 당신들이 저를 처음 대하던 그 맑은 얼굴들입니다.

그저 평범한 사람을 만나듯 아무렇지 않게 다가오던 그 눈빛과 말투가 참 좋았습니다. 첫 만남을 뒤로하고 한참이 지난 후, 제가 먼저 용기를 내어 연락을 드렸던 것도 그 때문이었지요. 무시해버려도 그만이고, 핑계를 대며 멀어져도 상관없었을 인연이었음에도 편견 없이 저를 맞아준 그 마음을 저는 지금도 잊지 않고 감사히 간직하고 있습니다. 그 인연 덕분에 강산이 두 번 바뀔 긴 세월 동안 여전히 우리라는 이름으로 만나고 있습니다. 때로는 작은 언쟁도 있었고 소소한 오해도 있었지만, 장애와 비장애의 벽을 허물고 사람 대 사람으로 부딪치며 풀어가던 그 시간들. 당시에는 심각했던 고민들도 이제는 웃으며 추억할 수 있게 되었습니다.

제가 이토록 열심히 살았던 이유 중 하나는 당신들이 제게 준 동기 덕분이었습니다. 저를 아껴주는 당신들에게 실망을 주고 싶지 않았고, 저보다 높은 곳에 있는 당신들과의 거리를 좁히고 싶었습니다. 장애가 있다는 이유로 초라해지거나 작아 보이고 싶지 않았습니다. 큰 사람은 되지 못하더라도, 당신들에게 부끄러운 친구는 되지 말자고 다짐하며 달려왔습니다.

무심한 듯 따뜻하게 저를 돌아봐주던 당신들은 내게 이름 없는 천사였습니다. 한 사람이 자기 인생을 찾아가게 하는 꿈과 희망, 그 귀한 선물을 건네준 당신들이 있었기에 오늘의 제가 존재합니다. 진심으로 고맙습니다.

친구 같은 동생 희연이는 젊은 친구는 수화를 배우며 만나게 된 건 청인이다. 마흔둘이던 나에게, 스무 살 중반의 직장인 희연이는 처음부터 낯설면서도 특별한 사람이었다. 삶의 경험은 내가 훨씬 많았지만, 생각의 깊이는 오히려 희연이가 더 어른처럼 느껴질 때가 많았다. 보통이라면 스무 살의 청춘이 마흔을 넘긴 나를 친구로 받아들이기 어려웠을지도 모른다. 하지만 수화를 배우며 함께 시간을 보내는 동안, 희연이는 아주 자연스럽게 나를 친구로 받아주었다.

우연이 인연이 되는 순간이었다. 사회에 이제 막 첫발을 내딛던 시기, 희연이는 어둡고 조용한 방에서 혼자 버티고 있을 때면, 밤길을 마다하지 않고 찾아와주던 젊은 친구. 그렇게 우리는 조금씩, 그리고 깊어졌다. 살아갈 길이 막막하고 내일이 보이지 않던 시절, 희연이는 용기와 웃음, 작은 모험을 선물해주었다.

어둠 속의 나에게 오늘은 지나갈 하루이고 내일은 다가올 미래라며 "괜찮다!"라며 손잡아주던 그 시간은 오래도록 마음에 남아 있다. 생각해보면, 그 인연의 시작에는 내 장애가 있었다. 미국으로 이민을 떠났지만, 우리는 여전히 메시지로 연결된다. 오히려 가까이에 있는 사람들보다 더 자주, 더 깊이 마음을 나눈다. 새벽 늦게까지 잠들지 못해 보낸 문자에 답해주는, 지금의 나에게 가장 가까운 사람이다. 바느질 하나만으로는 다 되는 것이 아니라고 깨닫는다. 도와주고 위로해주는 친구가 있어 지금의 내가 있다.

　가진 것 없고 아는 것 없던 내게 다가와 또 다른 즐거움을 주던 친구, 지은이와 은선이 그리고 수화를 배우며 기수가 되어 만난 젊은 친구들. 전국을 여행하면서 정말 즐거웠던 시절이었다. 대학생 MT 같았던 여행을 내 나이 마흔에 20대들과 경험했다. 잊히지 않는 추억을 선물해준 고마운 친구들이다.

　조 캐더린 수녀님, 김효주 수녀님은 20년 전, 수화를 배우기 위해 찾은 농아선교회에서 만났다. 캐더린 수녀님을 처음 만나면서 수어를 하는 수녀님이 신기했고 위대해 보였다. 가까이 가고 싶었지만, 수녀님은 늘 바빴다. 농아선교회 운영은 어느 한 사람 농인에게만 관심을 줄 수가 없기에 나는 수어를 배우며 먼발치에서 바라만 볼 수밖에 없었다.

　그러는 사이 시간이 흘러 다른 곳으로 이사하게 되었고 농아선교회와는 멀어지게 되었다. 수녀님도 다른 곳으로 가시면서 잊혀진 듯했다. 몇 년 후, 태릉입구역 지하철 환승역에서 우연히 수녀님을 만났다. 정말 우연이었다. 마치 긴 끈으로 연결되어 있다가 어느 날 그 끈의 끝과 끝이 딱 만난 그런 경우에 비유할 수 있을까? 나만 반가운 것이 아니었다. 수녀님 또한 나를 기억하고 있었다. 추운 겨울이었던 그날 내 손을 잡고 지하철 안에 있던 가게로 들어가 먹었던 군고구마는 따뜻하고 달콤했다.

　며칠 후, 기억을 더듬어 포천으로 가는 버스를 탔다. 왜 그렇게 눈이

펑펑 내리고 추운 날에 길을 나섰는지 지금도 모르겠다. 약속도 없이 무작정 수녀님에게로 향했다. 마음이 힘든 날이었다는 것만은 기억난다. 연락 없이 들이닥친 나를 보고 놀라면서 나의 안색을 살피는 그 마음을 느낄 수 있었다.

그날부터 그렇게 수녀님과 가까워지게 되었다. 그때는 내 인생을 통틀어 가장 힘든 시절이었다. 수녀님을 뵙고 오면서 치유되고 다시 희망으로 살아갈 힘을 얻었다. 메일을 주고받고 카톡으로 서로의 안부를 전하면서 혼자 지내고 있는 내 몸을 언니처럼 걱정해주신다.

오랜 지기이자 방송 구성작가 안선효 작가님은 퀼트를 본격적으로 배우기 시작하면서 방송 출연을 계기로 인연을 맺었다. 안 작가를 통해 나는 인복이 없지만은 않다는 생각을 하게 되었다. 처음 만난 순간부터 장애와 비장애를 떠나, 사람 대 사람으로 마주하며 편견 없이 관계를 이어왔다. 사는 곳이 달라 멀리 떨어져 있어 자주 만나지는 못하지만 처음 품었던 마음만큼은 여전하다. 지금은 각자의 바빠 자연스레 멀어지고 기억 속에서도 조금씩 희미해졌지만, 다시 마주하면 어제 만난 친구처럼 반갑고 편안하다. 그 마음만은 변함이 없다.

벽 없는 우리는 좋은 친구, 꽃필리아는 만난 지는 얼마 안 되었지만 오랫동안 만난 것 같은 그런 인연이다. 오랜만에 만났어도 어제 만났다 헤어진 것처럼 편안하다. 인생에 항상 꽃이 피어 있기를 기대하는 마음으로 꽃필리아라는 이름을 지었다고 했다. 퀼트 작품 전시장에 수많은 관람객이 눈길 한번 흘깃 주고 스쳐 지나가는데, 그중에 한 사람이 나비와 고양이가 그려진 나의 작품을 깊게 바라보았다.

그것이 인연이 되어 우리는 가끔 만났다. 그녀는 "그때 그 고양이는 선생님이고, 나비는 선생님의 삶, 꿈이 아닐까 하는 생각이 들었어요"라고 말했다. 많은 전시회에 내 작품을 선보였지만 이런 감상평을 말해준 사람은 그녀가 유일했다. 내가 좋은 사람을 알아본 것이겠지. 장애에 대한 선입견이 없이 일반인처럼 나를 대해주었고 꾸밈없이 대화했다.

재치와 농담으로 만남이 재미있었고 때로는 인생 이야기도 하면서 서로를 존중하고 믿게 되었다. 나의 아픔과 불편함을 이야기하면 마치 본인이 겪은 것처럼 아파하고 분노해주었다. 나를 힘들게 하는 인간관계에 대해서는, 어디 가나 이런 사람, 저런 사람 다 있으니, 자신에 대해 중심을 잡고 자신을 믿으면서 나아갈 길로 꾸준히 가면 좋겠다며 위로해주면서, 세상의 소리 없이도 잘 헤치고 살아온 나를 대단하다고 추켜세워주었다.

흙과 나무, 꽃이 좋아서 정원사가 되었다는 그녀는, 겉모습은 가냘프지만 내면의 힘이 강한 사람이다. 큰 정원에 나무를 심고 연못을 파고 돌을 놓고 꽃을 돌보면서 개와 고양이와 새들과 벌레들과 대화하며 살아가는 그녀의 삶도 그리 평범하지는 않아 보인다. 강원도 인제 자작나무 숲에 갔을 때가 생각난다. 작품하느라 늘 집에 박혀 사는 나에게 여행 가자면서 안내한 곳이다. 나의 고향 강원도에 있는 곳인데도 처음 와보는 곳이었다. 하얀 숲에 하얗게 서 있는 나무 기둥에 가지가 떨어져 나가서 생긴 검은 흔적이 마치 검은 눈동자처럼 보여 마음을 숙연하게 했다.

그날의 강렬한 느낌은 아직도 진한 추억으로 남아있다.

그녀가 큰 정원을 꿈꾸며 시골로 이주하면서 1년에 한두 번이나 볼까 말까 한다. 그렇지만 신문명 스마트폰으로 늘 만나고 있다. 2025년 겨울의 문턱, 오랜만에 그녀에게서 카톡이 왔다. "선생님, 고구마 좋아하세요?" 다음 날 받은 택배 상자에는 노랑 고구마와 1년은 먹을 양의 고춧가루가 가득 담겨 있었다.

돌이켜 보니, 나를 힘들게 했던 사람들만 지나치게 기억하고 있었던 모양이다. 사실 좋은 사람들은 늘 그 자리에서, 변함없이 나를 생각하고 있었다. 소식을 전하면 따뜻하게 받아주고 밥 한 끼, 차 한 잔을 나누며 일상 속 작은 행복을 함께 만들어가는 사람들.

마지막으로, 책 쓰기 이상민 선생님과 함께한 6개월이 쉽지는 않았지만 즐거웠다. 많은 것을 알려주고 가르쳐준 선생님과의 시간이 감사하다. 모자람을 야단치기보다 응원으로 힘 나게 해준 선생님은 수업이 끝날 때 내게 카톡을 보내주셨다.

"그동안 수고 많으셨고 청각장애인으로 살아오느라 고생 많으셨습니다. 박수를 보냅니다."

글을 읽고 한참을 바라보다 숨 죽여 울고 있는 나를 깨달았다. 나도 잊고 살아왔던 내 장애, 누구도 해주지 않았던 말을 선생님이 들려주셨다. 나도 내게 말해준다. "긴 세월 소리 없이 살아오느라 고생했어. 이제는 들리지 않아도 괜찮아. 조용함이 더 좋을 나이니까." 이제 소리에 미련은 없다. 책과 퀼트만 있다면 내 늙음은 불행하지 않다.